海賊
何やら非常に怖いものが見えるんだが
あんたにも見えるか

クラッシュ・ブレイズ

マルグリートの輪舞曲《ロンド》

茅田砂胡

Sunako Kayata

C★NOVELS Fantasia

口絵
挿画　鈴木理華
DTP　ハンズ・ミケ

優しい狼

「おれを今すぐ十九歳の女にしてもらおうか」

冷静な口調で言われて、ルーファス・ラヴィーは絶句した。

週の始まりの月曜の放課後、日替わりのケーキを楽しもうとしていたところに切り出されるにしては、あまりに予想外の要請だった。

あんぐりと口を開けて見返したが、こんな冗談を言う相手でないのはわかっている。

おまけに猛烈に腹を立てているのは一目でわかる。

救いを求めて隣に座ったシェラに眼をやったが、こちらは何やら必死の様子で手を合わせている。

(お願いですから逆らわないでください)

と言わんばかりだ。

確かに今のリィの様子は尋常《じんじょう》ではない。

表情は落ちつき払って見えるのに、緑の瞳《ひとみ》の奥に押し殺そうとして殺しきれない炎がちらついている。

迂闊《うかつ》に刺激したらそれだけで大爆発しかねなくて、ルウはびくびくしながら問いかけた。

「あの……エディ？　まず理由を聞いてもいい？」

「ドミが来た」

「どこに？」

「ここに」

意味が摑《つか》めずに戸惑っていると、シェラが囁《ささや》いた。

「体験入学にいらしたんです」

「ほんと？　全然知らなかった」

連邦大学には体験留学制度がある。

大学だけでなく、高校や中学にもある。

その体験入学にも二種類あって、一つは最初から編入を前提にしたものだ。学期の途中から加わって、成績と本人の希望次第で次の学期から正式な生徒となるものだ。

もう一つは長期休暇を利用してやってくるもので、将来連邦大学への入学を考えている中高生が多い。

入学するしないは別として、連邦大学の雰囲気を直に体験するだけでもいい経験になるからと、親が勧める場合もある。

ドミューシア・ヴァレンタインは十五歳。

戸籍上も血縁上もれっきとしたリィの実姉だ。

夏期休暇を利用して体験入学にやって来たのだが、その行き先がアイクライン高等部に決まったことで、ちょっと拍子抜けしたらしい。

どうせなら他の学校に入りたかったと、世話役のファビエンヌ・デニングに率直に打ち明けた。

「この学校が気に入らないってわけじゃないんです。ただ、ここの中等部に弟が通ってるもんだから」

三年生のファビエンヌは笑って言った。

「ヴィッキーでしょ？　あたしは嬉《うれ》しいわ。共通の話題があって」

「どうしてここではその名前を使ってるのかな？　うちではずっとリィだったのに。名前が二つなんて紛《まぎ》らわしいですよね」

「もっとあるでしょう。サフノスクの人が呼んでる、エディって……」

「それ、あの子の前では言わないほうがいいですよ。ルウ専用の名前みたいだから。他の人に呼ばれると機嫌を悪くするんです。父親がエドワードっていう本名で呼ぶのも気に入らないみたいだから」

「お父さんはお気の毒ね」

こんな具合で、確かに話題が尽きることはない。

体験入学中、ドミューシアはファビエンヌと同じタクティス寮に滞在することになり、面倒見のいいファビエンヌが世話係を引き受けたのだ。

ドミューシアはすぐに寮の生徒たちと仲良くなり、ファビエンヌも彼女に好感を持った。

あの少年の姉だと言われた時はちょっと驚いた。まるで似ていなかったからだ。あの少年は見事な金髪に緑の瞳、この少女は茶色の髪に青い眼だ。

家族でも、髪や眼の色が違うことは珍しくないが、そうした些細な部分を除いても、肝心の顔立ちに、全然共通点がない。

姉弟だと言われてもちょっと信じられなかったが、青い眼は生き生きと輝き、表情豊かで、積極的で、はっきりとものを言う。その様子を見て思い直した。外見は似ていなくても性格は（弟ほど個性的ではないにせよ）確かに共通点がある。

この時の体験入学生はドミューシアを含めて五人。それぞれ別の惑星の出身だった。共通しているのは、彼らの学校が同じ時期に長期休暇に入ることだ。

臨時の新入生を迎えたその日にタクティス寮では歓迎会が行われた。

さらに金曜の夜には他校の生徒も招待した盛大なダンス・パーティがアイクラインの講堂で開かれた。

このパーティは地域の交流会が目的だったので、近隣の大学からも学生が参加していた。

優秀な学生との親交は高校生にいい意味で刺激を与えるし、進路の参考にさせる意味もある。

三年生のファビエンヌは校外活動にも熱心なので、他校の生徒や学生にも知り合いが多い。

この時も会場につくと、その中の一人がさっそく声を掛けてきた。

「やあ、ファビー」

ちょっと頼りなさそうな彼はダリル・スヌープ。

名門で知られるホプキンス大学フットボール部のマネージャーをしている。インターカレッジで二年連続優勝している強豪校で、今年も優勝の呼び声が高い。なぜなら、一年の時から優勝に貢献《こうけん》しているスター選手のキアラン・コードウェルがいるからだ。

三年生のキアランは国際大会の代表にも選ばれる押しも押されもせぬホプキンスのエースである。

生白い風貌《ふうぼう》のダリルは見た目こそぱっとしないが、有能なマネージャーだった。映画学を専攻しているダリルはクラブの正式な許可のもと、試合を記録し、各選手のポスターやグッズをつくって、公式に販売している。その出来映えをキアランに気に入られて、今ではクラブのマネージャーというよりキアランの腰巾着《こしぎんちゃく》だというもっぱらの評判だった。

「聞いたよ。あの金髪のお姉さんが来たんだって？　紹介してくれよ。キアランが会いたがってるんだ」

「いいわよ」

後になってファビエンヌは、本当に軽い気持ちで引き受けたのだと、ひたすらリィに弁解した。

賑《にぎ》やかな音楽が流れる広い会場を探すと、すぐにドミューシアが見つかった。

普段はボーイッシュな格好を好んでいる彼女だが、こうした席にジーンズで出たりはしない。

故郷《ベルトラン》ではもっと正式なパーティにも出ているし、十五歳にしてはむしろ場慣れしているほうだ。

今日は砕けた集まりなので、丈の短いオレンジのドレスに踵《かかと》の高い金のサンダルを履《は》いている。

髪にも金色の飾りをつけてとても華やかだったし、ファビエンヌの眼から見ても際立って可愛かった。

キアランに紹介したいと言うと、ドミューシアは顔を輝かせた。

「あのキアラン・コードウェル？　すごい！」

「彼を知ってるの？」

「もちろん！　大ファンなんです！」

ドミューシアはもともと運動《スポーツ》の好きな少女である。

故郷にいる時に、国際大会で活躍するキアランの雄姿を見たことがあったらしい。

憧《あこが》れの選手に会えると大喜びしているところに、ダリルがキアランを連れてきた。

彼はフットボール選手にしてはすらりと姿がよく、肌は浅黒く、眉《まゆ》は濃く、彫りの深い美男子である。

加えて、なかなかの洒落者《しゃれもの》でもある。

今日もノーネクタイながら普通の大学生には手が届かない高価なスーツに身を包んでいた。

成績も名門ホプキンス大で常に上位に入っており、人気と実力の伴ったスター選手と来ているのだから、これで女の子にもてないほうがおかしい。

この時も着飾った女の子を何人も連れていたが、いつものことなのでファビエンヌは気にしなかった。

「紹介するわ。ドミューシア・ヴァレンタイン」

ドミューシアは緊張に胸を大きく上下させながら、とびきりの笑顔で話しかけた。

「先日の試合、見ました。大活躍でしたね」

ところが、キアランは眼を丸くした。まじまじとドミューシアを見つめると、ぷっと吹き出したのだ。

「嘘《うそ》だろう？　全然似てないけど、きみ、ほんとにあの金髪の姉さん？　血はつながってるの？」

「キアラン！」

ファビエンヌが慌《あわ》ててたしなめたが、キアランの傍《そば》にいた女の子たちも口々に言っていた。

「あの金髪って、アイクラインのあの子のこと？」

「知ってる。すっごいきれいな子でしょ」

「あれで男の子なんだからいやになるわよね」

「へえ、あの子のお姉さん？」

「それなのに金髪じゃないんだ？」

「ちょっと、あんたたち——」

ファビエンヌが肩をいからせて彼女らを睨《にら》んだが、キアランはまだ笑いながらこう言ったのだ。

「残念だなあ。あの子の姉さんだっていうからさ、どんなすてきな美人が来るのか楽しみにしてたのに。これじゃあな、興ざめだよ」

容赦《ようしゃ》なく浴びせかけられる言葉と侮蔑《ぶべつ》の眼差しに、ドミューシアは顔を強ばらせて立ちつくしている。

「アイクラインに体験入学中って聞いたけど、あの弟がいるのによく来たよね。その度胸は認めるけど、アイクラインに入学するのだけはやめたほうがいい。きみも中等部の弟と見比べられるのはいやだろう」

両手に女の子を抱いたキアランは笑って背を向け、ダリルもぎくしゃくと頭を下げて離れていった。

ファビエンヌはその背中を忌々《いまいま》しげに睨みつけて、急いでドミューシアに声を掛けたのである。

「ドミ。ねえ、あんなの気にしちゃ駄目《だめ》よ。あいつ、ちょっと人気があるからって思い上がってるのよ」

「……そうみたいですね」

気丈に答えても、受けた衝撃は決して小さくない。さらに追い討ちを掛けるように、ドミューシアは周囲の視線とひそひそ声に気づいたのだ。

「あの金髪の姉さんだって」

「嘘だろ？　てんで普通じゃん」

「義理の姉弟にしても弟のほうが美形ってどうよ？　笑えないぜ」

　ドミューシアは決して弱い性格の少女ではないが、何事にも我慢できることとできないことがある。

　これにはたまりかねた。

「帰ります」

　固い声で言って会場を後にした。

　放っておくわけにもいかずファビエンヌも一緒に寮に戻ったが、ドミューシアはそのまま寮の個室に閉じ籠《こ》もってしまった。心配して声を掛けても出てこなかったが、翌朝はちゃんと食堂に降りてきたし、その時には笑顔も戻っていたので、ファビエンヌもほっとした。今日は休みなので気晴らしになればと、寮の女の子たちも誘って買い物に出ることにした。

　ところが、何とも間の悪いことに街中でばったりリィと顔を合わせてしまったのだ。

　女の子たちと談笑していたドミューシアの表情がわずかに強ばったが、リィは前夜の経緯を知らない。

　当然のように明るく笑い掛けた。

「ドミ、買い物か？」

　ファビエンヌはまずいことになったと焦ったが、一緒にいた女の子たちは、突然現れた天使のような美少年を見て、ぽかんと眼を丸くしていた。学校も寮も違う彼女たちはリィを知らなかったらしい。

「誰？」

「弟よ」

　ドミューシアの答えに女の子たちはますます眼を丸くして、リィとドミューシアを見比べた。

　口にはしなかったが、顔にはありありと、『全然似てない』という表情が浮かんでいる。

　ドミューシアは皮肉っぽく笑って言った。

「そうなの。昔から似てないってよく言われたわ。

——行きましょ」

女の子たちを促《うなが》してくるりと背を向けてしまう。

面食らったのは突然話を切られたリィのほうだ。
二、三日前に通信で話した時は上機嫌だったのに、あの態度はいったいどうしたことだろうと思った。
ひどく不機嫌そうだったが、怒らせた覚えはない。

首を捻《ひね》っていると、ファビエンヌが忙《せわ》しく言った。

「あ、あのね、ヴィッキー。実は昨日……ちょっとまずいことがあって」

一部始終を聞いたリィは仰天《ぎょうてん》した。

その足でホプキンスへ乗り込もうかとも思ったが、考え直して、夕食の前を見計らってタクティス寮のドミューシアの部屋をまず訪ねてみた。

ドミューシアは弟を追い返したりはしなかった。

自室に入れて、さっきはごめんと自分から謝った。

「悪かったわね。ちょっと疲れてて、話す気分じゃなかったもんだから」

その笑顔がぎこちない。眼も合わそうとしない。

無理をしているのは見ればわかる。

リィは静かに言った。

「昨日の奴、ぶちのめそうか？」

「よしなさいよ。キアランは有名人よ。そんなことしたらあんたが非難されるだけだわ。別にいいわよ。気にしてないから」

どこから見ても目いっぱい気にしている。

「家族の一員じゃないとしたらおれのほうだろう」

「そうよね、あたしもチェインもデイジーも父さん母さんに似てるってよく言われるし、うちはみんな茶色の髪なのに、あんただけは金髪だし、そんなに長く伸ばしてて女の子みたいだし」

「気に入らないなら切ろうか？」

「よしてよ！」

ドミューシアは凄まじい眼で弟を睨んだ。

「なんであんたがそんなことする必要があるわけ！——あんたのそういうところが嫌いなのよ！」

その見幕の激しさにリィはたじろいだ。

ドミューシアの冷静さはやはり見せかけだけで、

煮えたぎった鍋にかろうじて蓋《ふた》をしてあったらしい。

「あたしとあんたが姉弟《きょうだい》なのも、あたしとあんたが似てないのも、あんたのほうがあたしより、ずっときれいだってことも！　全部本当のことじゃない！　そんなの今さら言われなくたってわかってる！」

ドミューシアは大きく息を吐いて、懸命《けんめい》に自分を落ちつかせようとしていた。堪《こら》えようとしていたが、大きな青い眼には涙がにじんでいた。

「こんなことを気にするあたしが子どもっぽいってことも、あんたが悪いんじゃないこともわかってる。キアランだってそうよ。思ったことを言っただけよ。だからもう……お願いだからほっといて」

リィは何も言わずにドミューシアの部屋を出た。

もちろん放っておく気などさらさらなかった。

そして話は冒頭に戻るのだ。

ルウはすっかり頭を抱えている。

途方に暮れて、年下の相棒をちらりと見やったが、とことん眼が据わってしまっている。

無駄とは知りつつ、嘆息《たんそく》しながら言ってみた。

「そういうことならそのキアランに蹴《け》りでも拳《こぶし》でも、存分に入れてやればいいんじゃない？」

「そんな程度で許してやれると思うのか？」

声の温度がさらに下がった。ほとんど氷点下だ。

「有名人だか人気選手だか知らないが、満座の中でドミを侮辱して、笑いものにして、あげく泣かせた奴なんだぞ。二度と立ち直れないくらい、徹底的に叩きのめしてやらなきゃ気が済まない」

「答えになってないよ」

ルウは懸命に反論した。

「確かにそれって、おしゃれしてきた女の子に言う台詞《せりふ》じゃないし、キアランは男の子として失格だと思うけど、それとこれとどうつながるの？」

「レティーが言うにはおれが適役なんだそうだ」

「はあ⁉」

ルウは眼を剝《む》き、その名を聞いたシェラは苦虫を噛《か》み潰《つぶ》したような顔になった。

誰も近寄れない形相でタクティス寮を出たリィは、即座にレティシアに連絡を取ったのである。

「ちょっと頼まれてくれないか」

「いつも急だよなあ。こっちの都合も考えろって」

何のかんのと文句を言いながらも、レティシアは滅多にリィの頼みは断らない。仕事も速い。

日曜の夜には欲しい情報を知らせてきてくれた。

「そいつ、よっぽど人気者らしいな。寮の女たちもみんな名前を知ってたぜ。ただ、弱みらしい弱みは特に見当たらない。フットボールで有名な奴だから、フットボールでやっつけるのが一番いいんだろうが、団体競技じゃあちょいと面倒だよな。ホプキンスのフットボールクラブをこてんぱんにやっつけられるチームを用意するか、そいつ以上にフットボールの上手な選手をホプキンスに送り込んでエースの座を奪うかだが、どっちもあんまり現実的じゃない」

リィは舌打ちした。

キアランの肉体を痛めつけることなら簡単だ。

二度とフットボールができないようにすることもたやすいが、それでは意味がないのだ。

「それ以外の手段で、その男を完膚《かんぷ》無きまでに叩きのめそうと思ったら、おまえなら何をする？」

「精神的な打撃を加えてへこますにはって意味？」

「まさにしかりだ」

「そりゃあ、手っ取り早いのは女じゃねえの」

即答したレティシアだった。

「フットボール選手として絶大な人気を誇っている。成績も悪くない。見てくれもいい。そんな奴だから女にも大もてで不自由はしてない。決まった相手はつくらずに適当に遊んでるみたいだが、そっちでもなかなかのやり手らしいな。今年だけでも五、六人、女をとっかえひっかえしてるって話だが、誰からも恨《うら》まれてるっていう話は聞かないんだ」

「そんな節操なしなのに女で仕掛けるのか？」

「そうさ。こいつは本気で女に思い焦《こ》がれたことが一度もないんだ。今までは眼をつけた女の子に声を掛ければ簡単になびいてくれたんだからな。そこにどうしても籠絡《ろうらく》できない好みの女を用意してやれば、間違いなく食いついてくるぜ。あとはさんざん振り回してやって、最後にこっぴどく振ってやればいい。それで当分は立ち直れなくなるだろうよ」

「そううまくいくか?」

「ちょろいぜ、あんなの」

レティシアはおもしろそうに笑っている。

「俺に言わせりゃ一番簡単に捻《ひね》れる野郎だ。二十歳《はたち》そこそこの若造のくせに、なまじ数をこなして女をわかったつもりになってる。自分に自信もあるから、どんな女も口説《くど》き落とせると思ってる。だからこそ、障害にぶち当たると何が何でも攻略したくなるのさ。試合も女もがんがん攻めるって性格《タイプ》だからな」

「具体的にはどんな女がいいんだ?」

「そうさなあ、昔のあんたなら最高だと思うぜ」

リィはさすがに顔をしかめて通話相手を見た。

「……レティー、今さら言うまでもないと思うがな。おれは色仕掛けは苦手中の苦手なんだぞ」

「だからさ、媚《こ》びない女のほうが却《かえ》っていいんだよ。あいつの好みは美形で頭もいい、目立つ女だからな。あんたは女らしくもないし、気配りもできないけど、見てくれは俺の知る限り超極上の絶品だ」

妙な言葉で太鼓判《たいこばん》を押してくる。

「相手が普通の大学生ならこんなことは言わねえよ。たいていの男は確実に口説き落とせる女が好きだし、あんたはそんじょそこらの二十歳の男なんかに手に負える相手じゃないからな。黙って立ってるだけで誰も近寄れない気配が濃厚に漂《ただよ》ってる。それでいて見た目は絶世の美女と来てるから、ほとんどの男は一目見るなり雷に打たれたように痺《しび》れて茫然《ぼうぜん》自失。これはだめだ、とても手が出ない、自分なんかじゃ釣り合わない人だって、未練たらたらでもため息を吐いて諦《あきら》める羽目になる。あんた自覚してないけど、そのくらいの迫力美人だったんだぜ」

「それならあの男だって釣れない理屈だろうが」

「だからさ、最初の一回だけでいいから、にっこり笑いかけてやるんだよ。後は何を言われても普段のあんたのぶっきらぼうな態度で通せばいい。いや？　十回に一回くらいは笑ってやったほうがいいかもな。それで多分、向こうは勝手に熱を上げてくれるぜ。何しろ、今までいつも自分が好き放題に選ぶ立場で、鼻であしらわれたことなんかない奴なんだ。あんた、得意だろ、そういうの。ああいう男にはちょっとやそっとじゃ落ちない高嶺《たかね》の花ってのが新鮮なんだよ。触れなば落ちんじゃだめなんだ。難攻不落の要塞《ようさい》か不沈艦《ふちんかん》並みに手強いと感じさせるのが効果的なのさ。──な？　どう考えても昔のあんたが適役だぜ」

「わかった。それでいくことにする。ありがとう。また何かあったら知恵を貸してくれ」

レティシアはちょっと顔色を変えた。

ただの仮想話《シミュレーション》だと思っていたのに、真顔で礼を言われたのだ。焦って問い返した。

「なに？　あんたほんとにやる気なわけ？」

「やらいでか」

リィはとことん物騒に答えて通信を切ったのだ。

ルウはますます頭を抱え、シェラはますます苦い顔になっている。

「ドミはその男の子失格野郎が好きだったらしい。ファビエンヌの話だと、少なくとも憧れていたのは確かみたいだ。だから余計に傷ついてる」

「……同じ目に遭《あ》わせてやろうってこと？」

「目には目を、歯には歯をだ。そいつは最低最悪のやり方でドミの気持ちを踏みにじった下種《げす》なんだぞ。同じように踏みにじられてもらおうじゃないか」

「あのね、気持ちはすごくわかるんですけど……」

ルウはルウで必死だった。

この肉体を女性に変え、十九歳まで成長させる。

生物学的にありえないことでも、ルウにとっては特に難しいことではない。それどころか、やろうと思えば簡単だが、簡単だからやっていいかとなると話はまったく別になってくる。

何とか思いとどまってもらおうとしたが、リィはにっこり笑って身を乗り出した。

「自分はしょっちゅう掟《おきて》破りをしてるんだ。多少、融通《ゆうずう》を利かせられないはずはないよな？」

天使のように可愛らしい笑顔の中で緑の瞳は鋭く、ルウの身体ごと刺し貫くような光を浮かべている。

さすがに観念して天を仰がざるを得なかった。


火曜の放課後、練習を終えたキアランは汗を流し、お気に入りの女の子とキャンパスを歩いていた。

彼女は文学部の二年生で、学年一の才媛と評判の美人である。キアランは、これから食事に行こうと彼女を誘っているところだった。

「この間のあの店、内装と献立《メニュー》を一新したんだよ。最初にきみと行きたいんだ」

「だめよ。明日は早いんだから」

「いいじゃないか。ね？」

彼女の顔ばかり覗《のぞ》き込んで話していたキアランは右手からやってきた人影に気づかなかった。

あっと思った時は長身のキアランの肩がその人にぶつかっていた。

「あ、ごめんよ」

ろくにそちらを見もしなかったが、女の子なのは確かだったので一応謝っておく。

ぶつかった相手がキアランだとわかれば、どんな女の子も笑顔で答えるはずだが、この時は違った。

冷ややかな声が返ってきた。

「どこに眼をつけてるの？」

思わず振り返って、キアランは絶句した。

足が完全に止まり、ぽかんと眼を見張った。

落ちついた眼差しでキアランを見つめているのは生身の人間とは思えないほど美しい人だったからだ。

化粧はしていない。服装も至って素っ気ないのに、顔も姿もまるで光り輝くようだ。

それはあながち錯覚でもなかった。その長い髪はまるで純金のように眩《まばゆ》く、その瞳はまるで最高級の翠緑玉《エメラルド》のように深く鮮やかだったからだ。

その眼はやすやすとキアランの動きを絡め取り、花のような唇《くちびる》がくすりと笑った。

「次からは前を見て歩きなさい。邪魔だわ」

悠然《ゆうぜん》と言って颯爽《さっそう》と背を向ける。

肩の下まで流れる金髪の見事さはまるで絵のようだった。細身ながら膝丈《ひざたけ》のスカートに包まれた腰は実に形よく、足首は白く引き締まっている。

「何よあれ。失礼ね」

連れの女の子が不満そうに言ったが、キアランはその後ろ姿から眼が放せなかった。上の空で答えた。

「あー、ティア。悪いけど、用事を思い出したんだ。食事はまた今度でいいかな」

どんなに愚《おろ》かな女でも何の用事かわかるだろうが、ティアは怒らなかった。

キアランにとってティアが自慢できる女友達なら、ティアにとっても有名選手のキアランは友達に自慢できる彼氏の一人に過ぎなかったからだ。

キアランの彼女はこんな女の子ばかりだったから、今まで一度も女性問題を起こさずにきたとも言える。

ただし、ティアも一瞬どきりとしたほどきれいな子だったから内心穏やかでなかったのは確かだが、ここでそれを言ったらティアの負けだ。

「いいわ。後で埋め合わせしてくれるならね」

「もちろん。愛してるよ」

軽くキスしてキアランはティアと別れ、すぐさま金髪の女の子の後を追ったのである。

彼女は人気の少ない裏門に向かって歩いていた。

キアランよりずっと小柄な女子なのにすたすたと歩調が速い。小走りに走ってやっと追いついた。

「さっきはごめんよ。キアラン・コードウェルだ」

「ヴィッキー」

「すてきな名前だ。——お詫《わ》びにお茶でも奢《おご》らせてくれないかな」

「見ず知らずの人に奢ってもらういわれはないわ」

「きみ、ぼくを知らないのかい?」

そんなはずはないので笑いながら言うと、彼女は足を止め、露骨《ろこつ》な不審の眼を向けてきた。

「会うのは今日が初めてのはずよ。知ってるわけがないでしょう」

これには傷つくより驚いたキアランだった。

自分の名前を告げて、顔を見られて、それなのに何も反応が返ってこないなんて、もう何年も覚えがなかったからだ。

絶句していると彼女は再び歩き始め、キアランは慌てて後を追った。

「ねえ、待って。ぼくはキアラン・コードウェル。ここのフットボールクラブで10番をつけてるんだよ。本当に聞いたことない?」

「10番が何なのかも知らないわ。フットボールには興味ないの」

「それはもったいないな。一度見てみるといいよ。絶対好きになるから」

「見たことならあるわよ。つきあいで。おもしろくなかったから途中で帰ったけど」

あっさりと反論される。本当にフットボールにもキアランにも関心がないのだと思い知らされるが、ここで引き下がっては男がすたる。

「残念だな。うちの試合ならそんなことはないのに。お詫びに次の試合に招待するよ。特等席で」

「言ったはずよ。フットボールには興味ないの」

「じゃあアミューズメントパークはどう?」

「時間の無駄だわ」

「それならドライヴは?」

美少女は再び足を止め、キアランを見上げてきた。うるさそうに見つめられても、宝石のような瞳に自分が映っていると思うだけで胸が高鳴る。

「あたしを誘ってるの?」

正面切ってこんなことを訊《き》かれたのも初めてで、キアランはどぎまぎしながら頷《うなず》いた。

「実はそのつもりなんだ」

どうにも勝手が違う。いつもの余裕が持てない。

顔や姿のきれいな女の子なら何人も知っているし、キアランは彼女たちに臆したことなど一度もない。

そもそも、いつもなら女の子を口説く時はもっと気分が高揚する。この子を捕まえたいという熱意が苦もなくキアランに主導権を取らせてくれるのに、この子と正面から向き合っていると、なぜかひどく落ちつかない気分にさせられる。

それが気後れしているせいだと、無意識に相手に圧倒されているからだと気づかなかったキアランは苦しまぎれに問いかけた。

「きみは何を専攻してるの？」

「学生じゃないわ。キャンパスを見学してただけ」

キアランの肩から少し力が抜け、笑みも浮かんだ。

年下の入学希望者と知って、やっと自分のほうが優位に立てた気がしたのだ。

「それなら、ぼくが案内するよ」

「見学ならもう済んだわ」

とりつく島もない。

それでも諦めるという選択肢はキアランの中には存在しなかった。裏門を出た少女の後をついていき、女の子は誉められるのが好きだと知っていたので、ここぞとばかりに気合いを入れて誉めまくった。

「ホプキンスにもずいぶんきれいな子がいるけど、きみみたいな美人は一人もいないよ。誓《ちか》ってもいい。それだけじゃない。きみには人の眼を釘付けにする不思議な魅力がある。とても素人《しろうと》には見えないけど、モデルか何かやってるのかな？」

ヴィッキーと名乗った娘は冷ややかに笑った。

「男の言うことって、みんな同じなのね」

これだけの美人だ。ありきたりの誉め言葉は聞き飽きているらしい。

無人タクシーを呼び止めて乗り込もうとしたので、キアランは慌てて訊いた。

「どこに行くんだい？」

「スポーツジム」

無視されるかと思いきや、意外にも短く答えると、少女は背の高いキアランを値踏みするように眺《なが》めて、こんなことを言ってきた。

「競争相手が欲しいと思っていたところなんだけど——あなた、泳げる？」

「もちろん！　ただ、水着がない。用意しなきゃ」

「向こうで貸してくれるわ」

「決まりだ」

大喜びでタクシーに乗り込もうとしたキアランを、少女は手を突き出して制止し、厳しい声で言った。

「乗せてやるなんて言った覚えはないわよ。ついてきたいなら他の車を拾って勝手に来るのね」

キアランは当然のごとく言われたとおりにしたが、そのスポーツジムとは高級ホテルの中にあった。

ロビーにいる客層を見ただけで、ホテル自体の等級《グレード》が一目でわかる。普通の大学生には間違っても足を踏み入れられないところだった。

選手としてなら幾度となく大舞台を経験しているキアランも、実のところまだ二十歳の若者である。

選抜結団式や国際大会後の慰労会など、華やかな席に出ることも多いのだが、なかなか場の雰囲気に馴染《なじ》めない。居心地の悪い堅苦しさを感じるだけだ。

それでも堂々としているふりなら得意だったので、この時も少女の後から平然とフロントを通り抜け、昇降機《リフト》に乗り込んだ。が、その内装にしてからが、まるで宮殿の小部屋のような豪華さである。

思わず小声で尋ねた。

「こういうところ、よく来るのかい？」

「さあ、どうかしら」

そんな敷居の高いホテルにあるスポーツジムは、やはり一般に開放されているわけではなかった。

入口で客の身元確認をしていた。

少女に対して恭《うやうや》しく一礼した係員は、キアランに戸惑ったような微笑を浮かべて少女に確認した。

「こちらはお連れさまですか？」

「違うわ。勝手についてきただけ」

「お通ししても？」

「かまわないわ」

ここでも自分の顔が通用しない。

悔《くや》しく思ったキアランだが、新鮮でもあった。

この少女に対する興味がさらに増した。

ホテルが貸してくれた水着に着替え、運動選手の心得として、プールサイドで準備体操をしていると、競泳用の水着に着替えた彼女が現れた。

太股《ふともも》の半ばまで覆《おお》い隠す色気のない水着なのに、すらりとした肢体の見事さをこれでもかとばかりに強調している。あの眩《まぶ》しい金髪は水泳帽に隠されてしまっているが、白いうなじからなめらかな肩まで、絶妙な線を描いているのがはっきりわかる。肌理《きめ》の細かい肌は血色も鮮やかで、触れればきっと極上の手触りだろう。胴《どう》は引き締まってくびれているのに、胸元や腰は華麗に豊かで足はすらりと長い。

最高の彫刻にみずみずしい血肉を与えたような、完璧《かんぺき》なまでの均整《プロポーション》だった。

これに悩殺されない男など一人もいないだろう。

キアランも息を呑《の》んで立ちつくした。動くことも忘れていたが、彼女はさっさと準備体操をすませてプールに向かったので、慌てて後を追った。

水に入る間も彼女に見惚《みほ》れていたが、すぐにその泳ぎっぷりに仰天する羽目になった。

キアランは水泳はそれほど得意とは言えないが、運動神経には自信がある。女の子に負けるつもりはなかったが、とてもついていけなかった。

ぐんぐん置いていかれる。挽回しようと焦っても速度を上げると今度は息が続かなくなる。

それでも頑張って五百メートルは泳いだものの、そこが限界だった。

これ以上はもうとても身体が動かない。プールで溺《おぼ》れる危険を真剣に感じて、あえなく棄権《リタイア》となった。

それなのに、ぜいぜい喘《あえ》ぐキアランの眼の前で、彼女は未だ悠然と水を掻《か》いている。

十五分ほど泳ぎ続けてようやく止まった彼女に、

キアランは惜しみない賛辞の言葉を贈ったのだ。

「すごいな！　きみを知らなかったなんて、ぼくはとんだ間抜けだ。有名な競泳選手なんだね」

「冗談でしょ。泳ぎは苦手なの」

「それこそ冗談だろう？」

笑い飛ばしたキアランだった。

正確に計測したわけではないが、彼女は十五分でおよそ千五百メートルを泳ぎきっている。インターカレッジどころか国際大会で優勝を狙える記録だ。

これで苦手と言われても信憑《しんぴょう》性がなさすぎるが、彼女は真顔だった。

「本当よ。得意なのは走るほう」

「ぼくもだ。それならいくらでもつきあうよ」

緑の瞳が楽しそうにきらりと光る。

「いくらでも？」

「ああ。足には自信があるからね」

「これから上の機械《マシン》で走るつもりだけど」

「いいとも。受けて立つよ。ぼくが勝ったら食事を奢らせてくれないかな？」

ざあっと水から上がった彼女がまだ水の中にいるキアランを頭の上から見下ろした。

美しい口元には微笑が浮かんでいたが、緑の瞳に見据えられて、キアランはまた息を呑んだ。

「あたしが勝ったら？」

「きみの言うことを何でも聞くよ」

陶然《とうぜん》としながらキアランは言った。

彼女に見つめられると胸が騒いで仕方がない。

胸の高鳴りが過ぎて息苦しささえ覚えるほどだが、きれいな女の子を見てときめくのはいつものことだ。キアランは今の状態もそれと同じだと考えていた。

プールの斜め上にジムの別の階があり、そこにはさまざまなフィットネスマシンが並び、硝子《がらす》越しにプールを見下ろせるようになっている。

人影はまばらだったが、今そこに場違いな中学生、高校生、大学生の三人組がいた。

身体を鍛《きた》えるのが目的ではなく、眼下のプールをただ観察している。

それでいて下の人間には決して気取らせない。

三人ともそのくらいのことは容易にやってのける技倆《ぎりょう》の持ち主だった。

高校生のレティシアがそっと呟《つぶや》いた。

「こんなに怖い軟派《ナンパ》風景は初めて見るぜ……」

さしもの彼にも足元の光景を笑う余裕はどこにもない。顔をしかめて冷や汗をぬぐっている。

眼に映るのは細い肩の、肌のきれいな、スタイル抜群の美人だ。どこを取っても非の打ち所がないが、とてもとても男と話している女性の雰囲気ではない。

それどころか、がっちり押さえつけたこの獲物をどうやって料理してくれようかという物騒な気配が硝子を通してひしひしと伝わってくる。

その危険な空気が、すぐ近くにいるキアランにはわからない。でれでれと鼻の下を伸ばしている。

大学生のルウがげっそりした顔で頷いた。

「普通の男の子ってとことん怖いもの知らずだよね。

あれを口説こうっていうんだから」

中学生のシェラが苦り切った表情でレティシアを睨みつけた。

「おまえがそもそも余計なことを言うからだ」

「俺のせいかよ⁉」

ルウも『きみのせいだ』とばかりに重々しく頷き、怨みがましげな眼差しを下に向ける。

「とにかく、こんなのはあの子の身体によくない。放課後まで男の子として中学校の授業に出て、その後は女の子になって彼氏の誘惑だなんて」

シェラも珍しく真顔でぼやいた。

「あの人は平気だとしても、こちらの精神衛生上、大変よろしくありません」

「右に同じ。だからとっとと彼氏を夢中にさせて、とっとと派手に振ってもらおう」

レティシアが専門家ならではの意見を述べた。

「もう充分食いついてると思うけどな。一日じゃあ、まだ早いか。——徹底的にやるつもりなら、本当は一度寝てやるのが一番いいんだけどな」

「貴様、その台詞をあの人の前で言ってみろ」

シェラが怨霊のような不気味な唸《うな》り声を上げれば、ルウは深々と嘆息していた。

「あんまり怖いこと言わないでよね。今のあの子は本当にやりかねないんだから」

「あなたのほうがよほど怖いことを言ってます」

まだ怨霊じみたシェラが冷静に指摘する。

レティシアはやれやれと頭を振っていた。

「俺だってまさかと思ったぜ。王妃さんがここまで姉貴思いとは知らなかった」

レティシアの知っているリィは今の姿だった。

見た目こそ超絶に美しいが、似合わない身体だといつも思っていた。本人も女扱いされるのを何よりいやがり、男の好色な眼差しや差し伸ばされる腕をとことん嫌悪し、侮蔑とともに叩きのめしていた。

それなのに今のリィは疎《うと》ましく思っているはずの女の身体さえ利用することを厭《いと》わないのだから。


（ほんと、おっかねえったら……）

苦笑したレティシアはふと疑問の表情を浮かべてルウに尋ねた。

「ちょっと引っかかってることがあるんだけどよ。王妃さんの姉貴ってそんなに不細工だったか？」

「命が惜しかったらあの子の前では言わないように。ドミは可愛いよ。——ぼくなら、今、プールにいる怖い人よりずっといいと思うけど」

レティシアは不思議そうに首を傾《かし》げている。

「そこが変なんだよな。あの野郎、確かに見境《みさかい》はないけどよ、女には結構優しいんで通ってるんだぜ。なんで姉貴にはそんな暴言を吐いたのかね？」

「似てないのは本当だからね。あの子はそんなこと気にしてないけど、家族全員が並ぶと、あの子だけ明らかに系統が違って見えるくらいなんだ」

シェラが嘆息しながら言う。

「ですけど、わたしもルウに賛成です。女性としておつきあいするなら、下にいる人よりドミのほうがずっとすてきだと思いますよ。下にいる人相手では気の休まる時がありませんレ」

レティシアが吹き出した。

「もっともらしいこと言ってるが、おまえ『女性とおつきあい』なんて経験あるのかよ？」

「たとえばの話だ、たとえばの！」

「ま、当然だろうな。仮に世の中の女が一人残らず死に絶えたとしても、俺もあいつだけはお断りだ。ありゃあ美女の皮を被った猛獣だぜ」

「ぼくたちはそろそろ退散したほうがいいだろうね。その猛獣さんがこっちへ来る」


フットボール選手は走れなくては務まらない。

中盤を担当するキアランはもちろん足には自信があった。女の子と駆け比べで負けるはずなどないが、練習着《トレーニングウェア》に着替えた彼女は、ランニングマシンを何といきなり時速二十キロに設定したのだ。

ジョギングどころではない。男子マラソン並みの速度である。

キアランもさすがに眼を剝き、思わず笑い出した。

「おいおい、きみはスーパーガールなのかい？」

「このくらい普通でしょ」

とんでもない話だった。長距離選手でもなければこんな速度はこなせるわけがない。しかし、彼女の体つきはどう見ても長距離選手のそれではない。

きっと背伸びをしているのだと思ったキアランは苦笑しながら同じ速度に設定した。

男の自分が彼女より遅い速度で走れるわけはなく、どうせすぐに彼女は音を上げると思ったのだ。

ところが、マシンに乗った彼女は羚羊《カモシカ》さながらの脚を発揮《はっき》したのである。これが屋外なら風を切って突っ走っているところだ。

たちまちキアランの顔色が変わった。

負けじとばかりに全脚力を駆使したが、ここでも先に音を上げたのはキアランのほうだった。

そもそもキアランはフットボール選手であって、

長距離選手ではない。瞬発力にも持久力にも充分に優れているが、決定的に運動の種類が違う。

試合中ならキアランはもっと速く走れる。

問題は、そんな無酸素運動は短時間しかもたない、長時間は続けられないということだ。

女の子には負けられないという意地だけで必死に張り合ったが、最初から結果は見えていた。

キアランが彼女と並んで走れたのはほんの数分。あっと思った途端、見事に機械から転がり落ちて、そのままへたり込んでしまったのである。

吹き出した汗が滝のように皮膚《ひふ》を伝っている。遅れまいと無理をしたので、すっかり息が切れて、しばらくは立ちあがることすらできない有様だった。

それなのに、彼女は三十分ぶっ通しで走り続けて（これも間違いなく陸上の国際大会一万メートルで優勝が狙える記録だ）涼しい顔でマシンを降りると、キアランを見て冷笑した。

「フットボール選手って、そんなに体力がなくても務まるものなの？」

男にこんなことを言われたら激怒するところだが、キアランは感嘆もあらわに答えたのである。

「きみの身体《しんたい》能力が高すぎるんだ。本当にすごいよ。信じられないくらいだ」

「使えない人に誉められても嬉しくないわね」

「何でも言うことを聞くって約束したよね。ぼくは何をすればいい？」

「考えておくわ」

「それなら、まず食事を奢らせてくれないか」

「それはあなたが勝ったらの約束だったはずよ」

どんなに冷たくあしらわれても、キアランの心はますます強く彼女に惹《ひ》きつけられていた。

強引に送っていくつもりだったが、着替えた後、ジムの出口で係員にやんわりと呼び止められた。

「お客さま。恐れ入りますが、お支払いを……」

示された使用料金を見てキアランは眼を剝いた。

その間に彼女はさっさと身を翻《ひるがえ》している。

「ねえ、待って！　明日もここに来る？」

「気が向いたらね」

その一言を残して彼女は廊下の向こうに消えた。

翌日、キアランは授業が終わるとフットボールの練習もそこそこにあのホテルに向かった。

昨日からずっと、彼女のあの姿、あの声が頭から離れない。こんなに胸が躍るのは久しぶりだった。

ジムに顔を出すと、彼女はもう来ていて、一人で室内球技《スカッシュ》のコートにいた。

今は白いTシャツにグレーのハーフパンツという軽快な服装だ。壁に向かって球を打ち、跳ね返ってきたところを打ち返している。これは本来、二人で対戦する競技だから、彼女が打ち止めるのを待ってキアランもラケットを取ってコートに入った。

相手を申し出ると、彼女は真顔で言った。

「危ないわよ」

「何が？」

「球技は苦手だから。当たったら怪我《けが》するわ」

「きみの苦手は信用できないけど、気をつけるよ」

キアランも掛け値なしの本気で答えた。

この少女の運動神経が桁《けた》違いなのはわかっている。女の子だからと侮《あなど》る気持ちはどこにもなかったが、打ち合い始めた途端、またもひやりとさせられた。

球技が苦手というのは本当らしい。

どこに飛ぶかわからない暴れ玉だったが、それがまたものすごい威力なのだ。

キアランは死に物狂いで球を打ち返した。こんなものを食らったら大怪我は免《まぬが》れない。何とか直撃は避けたが、とても女子の打つ球とは思えなかった。

おまけに既にわかっていたことだが、反射神経も足もすごい。どんな球にも余裕で追いついてしまう。

ひとしきり打ち合った後、またも汗だくになってキアランは喘ぎながら尋ねた。

「教えてくれよ。きみの専門は何なんだい？」

彼女は無言でキアランを見返した。質問の意味を尋ねられていると察して、キアランは言い直した。

「確かに制球《コントロール》は悪いけど、それさえ何とかすれば、インカレだって狙えるはずだ。これだけ打てるのに球技は苦手。あれだけ泳げるのに泳ぎも苦手なんて。得意は走ることだって言ったけど、きみはマラソン選手じゃないよね？　何が専門なんだい」

「当ててみたらどう？」

「厳しいなあ……」

キアランにとって、ヴィッキーは何もかも初めてづくしの女の子だった。

女の子のことならだいたいわかるつもりだったし、どうすれば喜ばせられるかも心得ているはずなのに、今まで有効だったどんな手段も通用しない。

誉められ慣れている気位の高い女の子の場合は、誉め言葉が逆効果になることもあるのは知っている。

そういう時はちょっと突き放してみたり、わざと冷たくしたりして怒らせてみるのも効果的だ。

このわたしにそんなことを言う男は今まで一人もいなかったのにと思わせられればまず成功である。

次に徹底的に下手に出ながら甘やかしてやれば、たいていの子は気を許して打ち解けてくれるのだが、彼女の場合、キアランが挑発する言葉をぶつけても無関心な眼が返ってくるだけだ。

男の気を引こうとしてわざと素っ気なく振る舞う女の子もいるが、その類《たぐい》ならキアランにわからないはずはない。残るのは男とつきあったことのない、男嫌いの固い子という可能性だが、これは真っ先にキアラン自身が否定した。彼女はあくまで自然体で、そんな突っ張った未熟さはどこにも感じない。

それなのにキアランを相手にしようとしないのだ。

普通の男なら屈辱《くつじょく》に思うだろうし、見込みなしと踏んで諦めたかもしれないが、キアランは違った。

どうしても彼女を振り向かせたい、彼女に自分を認めさせたい、それしか考えられなくなった。

ほとんどの女の子に絶大な効果がある贈りものはどうかと思い、流行《はやり》の装飾品や服の話をしてみても、これまた反応は芳《かんば》しくなかった。

数え切れないほどの女の子とつきあったおかげで、女の子が眼の色を変える最新流行には詳しい自信があるのだが、そういうものには興味がないらしい。

しかも、昨日今日と顔を合わせて、キスどころか、手を握ることも肩を抱くこともできないでいる。

距離を詰めようとすれば、すっと離れてしまうし、どんなにそっと手を伸ばしても、肩を抱く寸前に、ぴしゃりと払いのけられる。

この日も食事に誘ってみたが、やはり断られた。

「それなら週末は何か予定ある？」

「ないわ」

いつものように素っ気なく答えて、しかし彼女はちょっと心残りがある口調でつけ加えた。

「中央座標《セントラル》に行けたらよかったんだけど」

「セントラルに？」

「見たいお芝居《しばい》があるのよ。今週末までの」

キアラン自身はまったく興味のない分野だったが、やっと彼女の好みらしきものがわかったのだ。

俄然《がぜん》はりきって身を乗り出した。

「どんな芝居なんだい？」

「ジンジャー・ブレッドの『ブライトカーマイン』。今とても評判の舞台なのよ」

珍しく彼女の声に少し熱心さが籠もっている。

「どんな分野でも一流と言われている人はすごいわ。彼女の演技はそれこそ別格だもの。一度は生で見てみたいのよ。この舞台は特に出来がいいんですって。ずいぶんあちこち捜してみたんだけど、どうしても券《チケット》が手に入らなかったの。——残念だわ」

これで燃えないでいられるほどキアランは精力に欠けた男ではない。

明日もここで会う約束を一方的にとりつけると、キアランはありとあらゆる伝《つて》を頼った。

真っ先にマネージャーのダリルに頼み込んだが、返ってきたのは呆《あき》れ果てた悲鳴だった。

「今週末のジンジャーの舞台の券《チケット》⁉　冗談だろ！

どこにそんなものが転がってるって言うんだ！」

「無理は承知で言ってるんだ。頼むよ」

「また女か？」

「いいや、彼女は今までの子とは違うんだ」

「過去三年間で少なくとも五回は聞いた台詞だな」

「とにかく、どうしてもそれが必要なんだ！　頼む。当たってみてくれ」

「簡単に言うけど、二枚必要なんだろう？」

「当たり前だ。一枚じゃ意味がない」

「……どこまでも気楽に言ってくれるよ。もし仮に見つかったとして、定価では手放せないって相手が言ったらどうする？」

「いくら掛かってもいい！　買い取ってくれ！」

「わかった。そういうことなら捜してはみるけど、期待はするなよ」

釘を刺しながらもダリルは自分の人脈を駆使して、問題の券捜しに奔走した。

高値で購入するという告知を打ったのはもちろん、片っ端から知り合いに連絡を入れた。

交友関係の中に芝居好きの人間は一人もいないが、誰かがそういう人間とつながっているかもしれない。

地元の大学生の間では圧倒的な人気のキアランだ。彼が欲しがっていると言えば、みんな身を入れて捜してくれるはずだった。

キアランとダリルは同じ寮で生活しているので、ジムから戻ってくるとキアランはさっそくダリルに問い質した。

「どうだった？」

「少しは落ちつけよ。手配したばっかりなんだから、返事が来るのは早くても夜だぞ」

その時間がキアランには待ちきれないらしい。傍目《はため》にもいらいらそわそわと落ちつかない。

ダリルは呆れながら言った。

「調べてみたら、その舞台の券、二週間分の公演が発売五分で完売したらしい。今度の彼女はずいぶん無茶なおねだりをするんだな」

「おい。彼女は一言もねだったりなんかしてないぞ。ぼくがそうしたいんだ」

ダリルはやれやれと嘆息した。いつものことだが、女の子に夢中になったキアランは始末に負えない。

こちらが何を言っても耳に入らないのだ。体《てい》よく利用されているだけだぞと言ってやりたかったが、今はそんな指摘をしても無駄である。

この様子だと、その子とはまだ何もないらしい。飲んだ翌朝、眼が覚めたら隣に知らない女の子が寝ている状況が少しも珍しくないキアランなのに、ずいぶんとまた手間取っているものだ。

だからこそ、彼女の心を（もちろん身体も）摑む切り札にしたいのだろう。

夜になっても芳しい知らせはなく、翌日は朝から授業などさっぱり頭に入らないキアランだったが、運は彼に味方した。午前中の休憩時間に、ダリルの告知に応じる相手が現れたのだ。

土曜の夜の部、一階の前列。かなりいい席だ。

譲ってもいいと申し出てきたのはこの連邦大学に住む夫婦で、どうしても外せない用事が急に入って、観に行けなくなったのだという。

キアランの家は資産家で、かなりの額の小遣いが自由になる。その券が手に入るならいくら払っても惜しくないと彼は本気で思っていたし、ダリルにもそう指示したが、この夫婦は定価で譲ってくれると言ってくれた。

こんなプラチナチケットだ。喉《のど》から手が出るほど欲しがる人間は大勢いるのに、その夫婦がダリルを選んでくれたのは、やはり同じ星の住人で、近くに住んでいるという点が大きい。

今からでは遠方に発送する時間の余裕がないのだ。

昼休み、ダリルは午後の授業を自主休講にして、さっそく券を受け取りに行ってくれた。

「この貸しは後でたっぷり返してもらうからな」

「恩に着るよ！　ありがとう！」

キアランは躍り上がって喜び、さっそくその券を持ってジムへ向かったのである。

　こんな時に限って彼女はなかなかジムに現れず、やきもきさせられた。

　考えてみれば、キアランは未だに彼女の連絡先も知らないのである。

　我ながら信じられなかった。今までは気に入った女の子がいたら名前を訊くより先に口説いていたし、相手の連絡先だって難なく聞き出してきたのに。

　会えるかどうかどきどきするなんて、今の自分のやっていることは中学生の初恋じみている。

　しかも、その状況が少しもいやではないのだから、ほぼ末期的である。

　今日会えなかったら何もかも水の泡だ。

　必死の祈りが通じたのか、彼女はミニスカートに運動靴《ぐつ》という服装でジムにやってきた。

　その姿を見ただけでキアランの体温が上昇する。

　惚れた弱みを抜きにしても、彼女にはすばらしい華があると思う。どんな格好でもそこにいるだけで強烈に人の眼を惹きつけてしまう。

　一通り練習《トレーニング》につきあって（もっともキアランは彼女の練習項目《メニュー》の半分をこなすのが精一杯だった）、へとへとになりながらもシャワーを浴びて、帰り際、極めてさりげなく、『ブライトカーマイン』の券が二枚手に入ったと告げた。

　彼女の反応はここでも変わっていた。

　欲しがっていた券を持ってきたよと言われたら、普通の女の子なら『嬉しい！』とはしゃぐものだ。

　でなければ『そんな、悪いわ』と、喜びを隠して一応は遠慮してみせるはずだ。

　キアランがどんなつもりでこの券を手に入れたか、知らないわけがないのだから。

　ところが、彼女は緑の瞳を喜びに輝かせながらも、予想外のことを言ってきた。

「二枚あるなら一枚譲ってくれる？」

「当たり前じゃないか」

「定価でいい？」

キアランはさすがに苦笑して首を振った。

「お金なんかいらないよ。ぼくと一緒にこの芝居を見に行ってくれればいいんだ」

「続き番号の席なんでしょう？　だったらどのみち劇場で逢うことになるはずよ。いくらなの？」

どこまでも事務的な彼女に、キアランは大げさに肩をすくめてみせた。

「ねえ、ヴィッキー。おとぼけはよそうよ。ぼくはきみをデートに誘ってるんだ。まず連絡先を教えて欲しいな。それから芝居の後は食事を奢らせること。それさえ約束してくれたらこれはきみのものだよ」

わざとふざけて言ったキアランだったが、これは完全な逆効果だった。

彼女の笑顔が嘲《あざけ》りの籠もった冷笑に変わった。

「交換条件付きなの？　それならいらないわ。人に指図《さしず》されるのは大嫌いよ」

「ご、ごめんよ。怒らせるつもりは……」

「男の泣き落としはもっと嫌い。みっともないわ」

反射的に申し訳なさそうな素振りをつくっていたキアランは追いつめられて白旗を揚げた。

この子には本当にどんな駆け引きも通用しない。

腹をくくって、あまりへりくだりすぎないように気をつけながら正面から切り出した。

「これはきみに喜んでもらいたくて手に入れたんだ。怒らせたかったわけじゃない。だから一枚、定価で引き取ってくれると嬉しい。それから、よかったら芝居を観た後に食事をつきあってくれないかな？　もちろん割り勘で。——お願いします」

「少しは考える余地ができたわね」

代金を払って券を引き取ると、彼女はキアランを振り返って、とっておきの笑顔を見せた。

「明日はここには来られないの。だから、土曜日にセントラルで逢いましょう」

これだけでキアランは天にも昇る心地だった。

連絡先を聞き損ねたことも忘れて声を掛けた。

「楽しみにしてるよ！」

ジムを出た彼女は昇降機で上の階に上がった。

三日前から取っている部屋の鍵を開けて入ると、予定外の顔が出迎えた。

「よう、お邪魔してるぜ。——どしたい？」

居間でくつろいでいたレティシアは相手を見て、ちょっと警戒して問いかけた。

金髪の超絶美人は今にも嚙みつきそうな仏頂面で入って来たからだ。ありえないと思いながらも一応訊いてみた。

「ひょっとして、あいつに何かされたとか？」

黙っていれば黄金《きん》の薔薇《ばら》さながらの美女は盛大に顔をしかめて頭を振った。

「——自分でしゃべってて女言葉が気色悪いのさ。ちくしょうめ。いつか絶対舌を嚙むぞ」

「お疲れさん」

言いながらも『だったらやらなきゃいいのに』と、レティシアの顔は呆れている。

奥の部屋からルウが顔を出した。

「遅かったね」

「ああ。ついでに運動してきた」

乱暴な足取りでそっちの部屋に入った金髪美人は、ほんの二分後には中学生の少年になって出てきた。

レティシアも、そこにいたシェラも、何度見てもこれには眼を見張ってしまう。

細い身体つきの十三歳の少年と、充分に発達した十九歳の少女では姿形も印象もまったく違う。

まるで二人の人間がいるような錯覚さえ感じるが、身体の中に入っているのは紛れもなく同じ魂《たましい》だ。

レティシアが感心したように言った。

「芝居で七変化っていう決まり文句をよく聞くが、あんたなら十二変化でも余裕でできそうだな」

少年の姿でこの部屋に入り、女性として出ていき、ジムで汗を流した後はこの部屋に戻り、また少年の姿になってホテルを出ていく。

この三日間、リィはそれを繰り返している。

言い出しっぺのレティシアは成り行きが気になり、（ルウに連帯責任を迫られたことも大きいのだが）また様子を見に来たのだ。

「あいつ、順調にあんたに熱を上げてるか？」

少年に戻ったリィは顔をしかめている。

「おれが言うのも何だが、ずいぶん変わった趣味だ。あんなつんけんした女のどこがいいんだ？」

「そりゃあ見てくれの勝利じゃねえの」

「美人は三日で飽きるって言うのに？」

「そいつは頭の空っぽな美人の話だろう。あいつがあんたに飽きることはまずないと思うぜ」

シェラも頷いて、リィに向かって言った。

「実際、すぐに食いつきましたからね」

舞台の券はもちろん彼らの仕込みである。

券は本物だが、ダリルに券を譲った親切な夫婦はルウが用意した役者だった。

レティシアとルウはキアランの人物像を考慮して、このお膳立《ぜんだ》てを調えたのである。

キアランは華やかな大舞台に立つことが多い割に、上流社交界に密かな劣等感を抱いているというのが二人の一致した見解だった。

意外な気もするが、このホテルのつくりやジムの係員に戸惑うキアランを見ていると、確かに『陸に打ち上げられた魚のよう』でもある。

それは年の若さから来る経験不足かもしれないし、資産はあっても成金だという家のせいかもしれない。

フットボール選手として順調に場数を踏むことで、いずれはその水にも慣れるだろうが、今の彼はまだ自分の活躍がもたらした名声に追いつけないでいる。

派手な女性遍歴も高嶺の花を求めるのも、見方を変えれば無意識の自信のなさの表れかもしれない。

そう結論づけた上で、ルウはこう言った。

「ただねえ、エディ。ぼくから見ても、あの彼氏、そこまでひどい男の子には見えないんだよ」

沈黙とともに緑の視線がルウの顔に注がれた。

キアランならたちまち震え上がったに違いないが、

つきあいの長さは伊達《だて》ではない。黒い天使は動じることなく話を続けている。

「レティーも言ってたけど、その点が不思議でね。いつもの彼氏ならあんな失態はやらないはずなんだ。もしかしたら何か理由があって、わざとドミを袖《そで》にしたのかもしれないよ」

リィは心の底から忌々しげに唸った。

訳ありだというのならその訳を突きとめなければならなかった。また同じことが起きかねないからだ。

「となると、食事もつきあわなきゃならないのか。──あの格好で？」

シェラはその機嫌を損ねないように注意しながら、抑えきれない微笑を浮かべている。

「申しわけありませんが、存分に腕を揮《ふる》える機会を与えられたことは正直、嬉しいですね」

リィは諦めの表情でげんなりと手を振った。

「ああもう、何でも好きにやってくれ。あの野郎を叩きのめす目的のためなら手段は選ばないからな」

すかさずルウが釘を刺す。

「だけど彼氏とキス以上のことはしないでよね」

「誰がするか！　手を握るのだってお断りだぞ！」

レティシアが笑いを噛み殺しながら言った。

「肌身を許さず心を摑むっていうけどな。そいつはものすごい高等技術だぜ。俺の知ってる女の中にもそこまでできる奴は何人もいなかった。そんなんであいつを落とせたら、あんた、ちょっとすごいぜ。正真正銘の傾城《けいせい》と呼んでやるよ」

緑の眼がじろりとレティシアを睨む。

ルウがわざとらしくため息を吐いた。

「ありがたくないなあ。あんまりそっちの才能には目覚めて欲しくないんだけどな」

「ルーファ」

「はい？」

「顔の形を変えて欲しいのか」

「ごめんなさい」

キアランは土曜の朝に連邦大学を発った。

一泊旅行にも拘《かかわ》らず大荷物を持参していたのは、地元から正装していくわけにはいかないからだ。

キアランはまずホテル選びから始めた。

ここが正念場だ。彼女にふさわしい最高の舞台を用意しなくてはならない。

上演場所はセントラルの大都市マーショネス。

そこで父親の名義でホテル・パレスの続き部屋を取り（二十歳の若造の名前ではこんな一流ホテルは押さえられなかったのだ）午後には到着した。

宿泊代金は目玉が飛び出るようなお値段だったが、案内された部屋はその値段に見合うだけの豪華さで、キアランは充分に満足した。

どんな女の子でも気に入ってくれるはずだったが、彼女に関してはわからない。

だから服装も相当迷った。

上演場所のアレクシス劇場は五十年の歴史を誇るセントラル随一の歌劇場である。それだけに格式が高く、現代劇でも礼服で観劇するしきたりらしい。

普段は軽快な服装を好む彼女も今日は礼服で来るはずだった。

問題はどの程度の礼装で来るかである。

キアランは彼女がスーツ姿で現れてもいいように地味なタキシードを選び、あらためて靴を磨《みが》かせて、髭《ひげ》を剃り、ボウタイに到っては三回結び直した。

最後に鏡で入念に自分の姿を確認し、開場直後に劇場に入って彼女を待った。

千秋楽を明日に控え、着飾った紳士淑女が劇場のロビーを華やかに彩っている。若い人の姿もあるが、女性はほとんど正式なロングドレスで、キアランの知っているパーティとはまったく雰囲気が違う。

地元では英雄でも、こうした場所にやってくると、キアランはまだまだ未熟者だった。場にとけこめず、浮いた様子が勝《まさ》っているのは歴然としている。

開演十分前になった時だった。

それまで楽しげに笑いさざめいていた人たちが、

急にしんと静まり返った。

彼らの眼は揃《そろ》って劇場の入口を向いている。

キアランも何気なくその視線を追って絶句した。

銀色に輝くドレスを着た人がまっすぐ、こちらに向かって歩いてくる。その人の周りだけ空気の色が明らかに違う。見事な金髪に緑色の紐《ひも》を巻き付けるようにして結い上げ、足首には細い銀色の靴の紐を幾重にも巻いている。まだ若いのに、女神のような威厳と品格で人波を自然と押しやり、踝《くるぶし》にかかるドレスの裾《すそ》を艶《なま》めかしく揺らしながら、ゆったりと優雅にキアランを目差してやってくる。

心臓が身体を飛び出して床に落ちた気がした。

落としたはずのその心臓が次に猛烈に活動を始め、全身の血が一気に頭に集まった。

どんな大舞台でもこんな気分になったことはない。

鼓動は自分のものとは思えないほど激しく高鳴り、この音が周りの人に聞こえてしまうのではないかと心配になる。背筋がぞくぞくする。自分がちゃんと立っているかどうかすら覚束なかった。

着飾った淑女たちが一瞬でかすんでしまったのは決してキアランの気のせいではない。

素顔でいても充分すぎるほどの美貌《びぼう》を誇るのに、どんなに素っ気ない服装をしていても目立つのに、今の彼女はまるで碧空《へきくう》を照らす太陽のようだった。

当然、他の女性たちは昼間の星である。圧倒的な光の前にかき消されてしまって眼に入らない。

そのくらい強烈な感動をキアランに与えた彼女が、キアランの眼の前で足を止める。

薄く化粧した顔は輝くばかりに美しい。

肩も腕も剝き出しの夜会服は胸元も大きく開いて、形のいい胸の丸みを引き立てている。

大人びた衣裳《いしょう》をさらりと着こなし、赤く染めた唇で、彼女は銀の鈴を転がすような声でしゃべった。

「待たせたかしら？」

「とんでもない」

喘ぐように答えたキアランだった。

顔や姿のきれいな女の子ならたくさんいる。

しかし、十代の若さで周囲の人の眼を釘付けにし、ひれ伏させるだけの存在感を持つ子は滅多にいない。

この迫力を意識して身につけられるはずもない。

これぱかりは生まれ持ったものだ。

周囲の視線が彼女に集中していることが誇らしく、それ以上に彼女が未だ自分と赤の他人であることがひどく恥ずかしかった。その事実を見破られるのが恐ろしくもあり、苦痛でもあった。この美しい人が本当に自分のものだったら――自分の恋人だったら、これ以上はないくらい胸を張れただろうに。

開演時間が迫り、席に着いたものの、こんな人が隣にいたのでは芝居の内容など頭に入るわけがない。顔だけは前を向いていたものの、キアランはずっと横目でちらちらと彼女を窺《うかが》っていた。

今日は爪《つめ》もきれいなピンクに塗っている。

その手を握ってみたいという欲求を、キアランは懸命に抑え込んだ。観劇中にそんなことをしたら、彼女を怒らせるのは火を見るより明らかだからだ。

気がついたら第一幕の幕が下り、休憩時間になり、いつの間にか第二幕の幕が上がっていた。

最後まで彼女に見惚れっぱなしの三時間だったが、終幕《フィナーレ》の後、彼女が拍手しながら立ち上がったので、キアランもすかさずそれに倣《なら》った。

この日の役者陣の演技は今までで最高のできばえだった――らしい。カーテンコールは実に七回。

ようやく本当に幕が下り、舞台に静けさが戻ると、未だ興奮さめやらぬ観客たちはがやがやとざわめきながら、いっせいに劇場の外に吐き出された。

もちろんキアランと彼女もだ。

「すばらしかったわね。本当にすてきだった！」

キアランにとっては興奮に眼をきらきら輝かせ、頬《ほお》を紅潮させている彼女のほうが何倍もすばらしい。

「見逃したら後悔するところだった。ありがとう。あなたのおかげよ」

ずっと素っ気なかった彼女に笑顔でこんなことを

言われたのだ。キアランは日向《ひなた》に置かれたバターのようにとろとろに溶けきっていた。

しかし、彼にとっては、ここからが待ちに待った主要催事《メーン・イベント》なのである。思い切って切り出した。

「お腹空いてない？　よかったらローランド海老にキャッスル巻貝なんてどうかな」

「悪くないけど、今の気分はお肉かしら」

「それなら最高級の牛と雉《きじ》と鴨《かも》が待ってるよ」

「いいわね。そのお肉に会いに行きましょうか」

予約を入れたのはマーショネス一の高級料理店だ。

ちょっとかしこまりすぎたかと心配していたが、彼女があまりにも完璧に正装《ドレスアップ》してきたので、今は胸を撫《な》で下ろしていた。

あれだけ運動する彼女はしっかり食べるようで、肉料理を二種類と魚料理と前菜をいくつか頼んだ。

もちろん料理に合わせて酒も注文した。

キアランは酒には割と強いほうである。酔わせて口説くのも得意なので、彼女が酒に弱ければいいと密かに願ったが、ここでもその期待は裏切られた。

料理をたくさん頼んだからという理由で、彼女は赤と白をそれぞれ一本ずつ頼んだのである。

前菜の皿が続く間に辛口の白をくいくいと傾けて半分も空けてしまったのに、顔色も変わっていない。

かなりの酒豪ぶりだ。

その間も彼女は楽しそうに舞台の話をしていた。

「ジンジャーは本当にすごいわ。彼女こそ天才よ。あんなにきれいな人がいるのかと思った」

「きみのほうがずっときれいだよ」

真顔で言ったキアランだった。

彼女がジンジャーのことばかり夢中で話すので、おかしな話だが、彼女の中にこれほど鮮烈な印象を残したジンジャーにキアランは競争心を抱いていた。

「そりゃあまだ現役の大女優だし、客席から見ると若く見えるだろうけど、もうかなりの年増だろう？　近くで見たら年齢は争えないんじゃないかな」

「あら……」

キアランの背後に眼をやった彼女が声を上げた。

「その年増がこっちへ来るみたいよ」

キアランはぎょっとして振り返った。

最高級の黒絹のドレスに身を包んでいるその人は、彼女とはまた別の意味で桁外れの霊力《オーラ》を放っていた。

他の客も予想外の人の登場に眼を見張り、食事も忘れて息を呑んでいる。

『年齢は争えない』なんてとんでもない。

思わず息を呑むほどの美しさだ。それはまさしく共和宇宙を席巻した大女優の輝きだった。

年増と言ったのを聞かれたのではないかと思って、キアランは身の置き場もないほど動揺していたが、ジンジャーはキアランなど一顧だにしなかった。

彼女に向かって悠然と微笑《ほほえ》みかけた。

「お食事中にごめんなさい。少しいいかしら?」

「お目に掛かれて光栄です。ジンジャー」

礼儀正しく食器を置いて席を立とうとした彼女を、ジンジャーはやんわりと優雅な仕草で止めた。

「いいのよ。お食事を続けてちょうだい。ちょっとあなたとお話ししてみたくなっただけなの。さっき、わたしの舞台を見ていてくれたでしょう?」

「今もその話をしていたところなんです。あたしはお芝居はまったくの素人ですけど、舞台のあなたは今以上に光っていました。本当に眼が離せなかった。今日はいい目の保養をさせてもらいました」

『目の保養』とは若い女性にしては珍しい感想だが、ジンジャーは楽しそうに微笑して頷いた。

「わたしも舞台の上からあなたを見ていた。今日はどうして客席にも照明が当たっているのかと思った。そんなはずはないのにね。――あなたはそのくらい光って見えたのよ。こちらの男性もわたしではなくあなたばかり見ていたものね」

ジンジャーはキアランには一瞥《いちべつ》を投げただけだ。

彼氏とは言わずにあえて男性という言葉を使ったところからしても、キアランが彼女の恋人などではないと一目で見抜いたに違いない。

その代わりジンジャーは彼女には打って変わった優しい眼を向け、真情の籠もる口調で言ったのだ。

「今度わたしの舞台を観る時は、ぜひ楽屋に遊びに来てちょうだい。あなたならいつでも歓迎するわ」

「ありがとうございます」

キアランは無視されることに慣れていなかった。

圧倒されっぱなしでいることもだ。ジンジャーが彼女にばかり注目しているのが何となく癪《しゃく》に障って、自分も口を開こうとした、その時だ。

ジンジャーの眼が絶妙な間《タイミング》で、何とも言えない凄《すご》みを浮かべてキアランを見たのである。

たったそれだけでキアランは硬直してしまった。

何を言われたわけでもないのに、でしゃばるのを手厳しくたしなめられ、封じ込められたのである。

格が違うとはこのことだ。その眼に射すくめられ、何か言おうにも舌が強ばって動かない。

それなのに彼女にはこの怖さがわからないようで、ジンジャーと楽しげに談笑している。

「ではね、また会いましょう」

嫣然《えんぜん》と微笑んで離れていった後ろ姿を見送ると、彼女はキアランに眼を移して悪戯《いたずら》っぽく微笑んだ。

「得したわね。ジンジャーと話しちゃった」

「そう、だね……」

ものすごく怖かったけど——とは言えない。

「あの人、あれでいったいいくつなんだろう？」

「あたしやあなたの母親よりずっと年上のはずよ」

どんな分野でも第一線で活躍する人はすごいと、キアランも肝に銘じたのである。

それからは楽しい食事になった。彼女は上機嫌で酒杯を傾け、料理に舌鼓《したつづみ》を打っている。

しかし、前菜と魚料理の間に白を一本、肉料理の間に赤を一本空にしながら、彼女は言葉も乱れない。

こんな飲みっぷりにつきあっていたら自分が先につぶれてしまう。

キアランはほどほどに抑制《セーブ》しながら飲んでいたが、彼女は料理の最後にも菓子や果物ではなく食後酒を頼んだので、さすがに眼を丸くした。

「いいのかい？　ここはデザートも有名なのに」

彼女はちょっと困ったように笑った。

「お店の人には申し訳ないけど、甘いものはあまり得意じゃなくて。このお酒、初めて見る銘柄だから飲んでみたいの」

「強いんだね」

「お酒がいいからよ。おいしいわ」

机に付いていた黒服の給仕係が、これを聞いて、

「ありがとうございます」と微笑して頭を下げた。

接客業の人間は誰に対しても愛想がいいようでも、客に対して厳然とした『等級《ランク》』をつける。

美味しそうに料理を食べ、気持ちよく飲む美しい彼女に好感を持ったのは間違いなさそうだった。

料理も終わって、たらふく飲んで、いい雰囲気になったところで、キアランはさりげなく切り出した。

「きみの部屋はどこなんだい？」

夜会服で宇宙船に乗って来られるわけがないので、彼女もどこかで着替えてきたのは間違いない。

彼女は何やら潤んだ眼でキアランを見た。

「あなたは？」

「パレス・ホテルのスイートを取ってある。一見の価値はある部屋だよ。そこで飲みなおさない？」

「そうね……」

彼女はほろ酔い気分のようだった。それも当然で、いくら強くても葡萄酒《ぶどうしゅ》を二本も開けて、アルコール度数の高い食後酒まで呑み干しているのだ。

どうしようかな？　と気を持たせるようなことを言われて、キアランの緊張は否が応でも高まった。

今度こそいい返事がもらえるのではという期待と、それを表に出すまいとする懸命の努力の結果、彼の心臓は爆発寸前まで働かされたが、彼女が寄越した答えは予想外のものだった。

「やめておくわ。あなた、とても失礼な人だから」

これには絶句したキアランだった。

本当に自分の耳を疑った。

「何だって？　いつ、ぼくが――」

「あなたはあたしにはいつも親切だったわ。だけど、ちょっと気になる話を聞いたのよ」

思わせぶりな口調で彼女は言った。

「先週のアイクラインのパーティで、あなたが体験入学生の女の子に……」

キアランの顔色がさっと変わった。

身に覚えがあるということだ。そしてそのことをごまかそうとはしていない。

顔だけはあくまでとろんとしたほろ酔いを装って、しかし、緑の瞳にすぐにわかる厳しい光を浮かべて、リィは残念そうに続けたのである。

「その話を聞かされた時はまさかと思ったんだけど、どうやら本当みたいね」

「ヴィッキー……。見苦しいのはわかっているけど、言い訳させてくれないか？」

「いいわよ」

キアランはしばらく黙っていた。どう話そうかと迷っているようでもあったが、意を決して顔を上げ、今までとは違う真剣な表情で話し出した。

「きみはぼくを知らないと言ったけど、実のところ、ぼくは連邦大学ではかなりの有名人なんだ」

「あたしは自慢話を聞かされるの？」

「違う。本当のことだ。あの子――先週の子だけど、あの子もぼくに会って嬉しそうだったよ。それに、とても可愛い子だった」

「何を言っているのか全然わからないわ。可愛いといけないの？」

言葉がきつくならないようにかろうじて自制したリィだった。

自分は今、誘導尋問中なのである。

ここで声を荒らげたりするのは問題外だ。

頭の中だけで『さっさと言え！』と脅迫《きょうはく》すると、キアランはまったく予想外のことを言ってきた。

「ダリルの好きそうな子だと思ったんだよ」

芝居ではなくリィは眼を見開いてしまった。

なぜここにマネージャーが出てくると思いながら、今の自分の役割を演じることは忘れなかった。

「ダリルって?」

「言ってなかったね。クラブのマネージャーだよ。とてもいい奴なんだ。いい奴なんだけど、ちょっと困ったところがあって……」

彼女を口説くはずがこんな予想外の話題になって、キアランはひどく困惑している。

それでも、その顔は一生懸命だった。

男女の機微などリィにはわからない。さらに言うなら女性に恋い焦《こ》がれる男心もわからない。

しかし、人の心の真贋《しんがん》なら違《たが》えようがない。

今のキアランが事実を話していることは確かだと、リィは直感していた。

「とても……惚れっぽい奴なんだ」

おまえみたいにか？　とは言わない。

彼女が沈黙しているのを話の先を促されていると感じて、キアランは躊躇《ためら》いがちに続けた。

「それは別に悪いことじゃない。ただ、彼は年下の女の子が好みなんだ。それも……若ければ若いほどいいみたいでね。つきあった子もほとんど高校生で、本当はその……中学生でもいいみたいなんだ」

「友達や先輩後輩としてのつきあいならともかく、それ以上だと問題――よ」

だぞ、と言い掛けたのを寸前で呑み込んだために語尾が少々あやしくなる。

「ダリルは中学生にそんな真似をする奴じゃないよ。それはぼくが保証する」

「高校生の女の子たちは？　彼女たちとも『そんな真似』は抜きのおつきあいだったのかしら」

「まさか。さすがにそんなわけにはいかないけど、高校生にもなれば恋愛は個人の自由だろう。だから何も問題はないよ」

手当たり次第のキアランらしい考え方だが、その彼が何とも苦しげな顔になった。

「問題があるとしたらダリルは十代半ばの女の子に

夢中になりやすいってことなんだ」

「今までにそんなことが何度あったの？」

「数え切れないよ。そして、彼が中高生の女の子とどうやって知り合うかっていったら、困ったことに――ぼくなんだよ。ファンの女の子にとってマネージャーの存在は選手に近づく最短の近道だからね」

　ダリルにしてみれば選び放題というわけだ。

「あの子は可愛い子だったよ。もちろん、きみには及ばないけど、パーティでも注目の的だったと思う。ぼくもあの子には気がついていた。アイクラインの女の子はだいたい知っているからね。知らない顔は目立つんだよ。そうしたらダリルが来て、あの子がぼくに会いたがっていると言ったんだ」

　キアランのため息は本物だった。

「友達の恋愛なら応援するべきだけど……危ないと思ったんだよ。あの子はまだ十五歳だって聞いて、咄嗟《とっさ》にダリルを近づけさせちゃいけないと思った。あの子がぼくのファンならダリルと親しくなるのは避けられない。ダリルが本気になったらなおまずい。今になって冷静に考えてみると、他にもっとうまいやり方があったと思う。あの時はぼくも焦っていて、そこまで考えられなかったんだ。ダリルの眼の前で彼には気をつけたほうがいいなんて言えないだろう。それでつい……あんな言い方になってしまって……あの子には悪いことをしたと思ってる」

「あたしに謝ってもらっても意味がないわ。彼女に謝るのね。それに、どうしてそこまでダリルに気を使わなきゃならないの？」

「そりゃあ、友達だからさ」

「本当にそれだけ？」

　きらりと緑の瞳が光る。

　キアランはこの眼に弱かったが、それは何も彼に限ったことではない。この眼に見据えられて平気でいられる人間は滅多にいないと言っていいのだが、キアランにはそこまでわからない。

　かといって、その眼光に対抗できるような強さがキアランにあるはずもなく、狼狽《ろうばい》して眼をそらした。

「まだ何か言ってないことがあるわね？」

　キアランは相当迷っていた。最後には諦めたのか、躊躇いながらも身を乗り出し、声を低めて囁いた。

「ダリルは一度、訴えられたことがあるんだ」

　険《けわ》しくなったリィの表情に気づいて急いで言う。

「だからって誤解しないでくれよ。彼に非はない。完全な向こうの言い掛かりだったんだ。その証拠に、その記録は彼の履歴《りれき》からも抹消されてる」

「訴えたのは女の子なのね？」

「ああ。十六歳の高校生だった」

「訴えられた理由は何？」

「相手の子の言い分は性的暴行」

「ダリルの言い分は合意だっていうわけね？」

「それどころか、ダリルはその子に利用されたんだ。ファンの子がクラブのマネージャーとつきあうのはよくあることだ。だけど、その子の頭にあったのは打算だけなんだ。その子はぼくに近づく手段としてダリルを利用して、それがうまくいかなかったから腹いせに彼を訴えたんだよ」

　キアランは友達思いには違いない。卑劣《ひれつ》な手段で友人を陥れた女の子に義憤を感じているのは間違いなさそうだったが、リィは冷静に指摘した。

「今の話はダリルがあなたにした説明でしょう？」

「ヴィッキー。きみにはわからないかもしれないが、ぼくには大勢ファンがいる。ほとんどの子は熱心に応援してくれる真面目な支持者《サポーター》だ。だけど、中にはどうしようもない子もいる。まともじゃないんだよ。寮まで押しかけたり、ぼくの恋人だと言い張ったり、差し入れに自分の血や髪の毛を混ぜたり……」

「正気の沙汰《さた》じゃないわね」

「本当にそうなんだ。かと思うとクラブの清掃員を買収して、ぼくが捨てたゴミや何かをこっそり手に入れたり……そんな真似をする子と友達のどっちを信じるかって言われたら、ぼくは友達を信じるよ」

「あなたはそうでしょうけど、あたしは女だから、ダリルの言い分を鵜呑《うの》みにはできないわ」

リィはぬけぬけと言ってのけた。

「合意にせよ、無理強いにせよ、ダリルがその子と関係を持ったのは間違いないんでしょう。あなたの言うとおりなら、ダリルはどうしてそんな気持ちの悪い変な女の子と深くつきあったりしたのよ」

「だから、困った奴なんだよ。きみの言うとおり、最初に彼女に夢中になったのはダリルのほうなんだ。どうしてあんなに見る眼がないのかと思うよ」

自分は見る眼があると言いたいらしいが、リィはますます視線を険しくした。この上ドミューシアを侮辱するつもりかと心に激しい炎を燃やしながら、口調だけは冷静に訊いた。

「あなたは先週の女の子もそんな変な子の一人だと思ったの？」

「それはわからない。あの時のぼくにわかったのは、あの子がダリルの好きそうな可愛い子だったこと、ダリルがあの子に興味を持っていたことの二つだ。あの時ばかりは本当に見捨ててやろうかと思ったよ。あんなことがあったのに、十五歳の子に近づこうとするなんて。それもぼくの名前を利用して」

「あなたの言い分は、ダリルはいい奴だけど、女の子に関してはだらしないところがあるってこと？」

「ほだされやすいんだよ」

きつい言葉は使うものの、キアランは基本的には友達を擁護《ようご》する立場を貫くつもりらしい。

リィは苦笑して、ちょっと肩をすくめて見せた。

「男の友情って、あたしにはさっぱりわからないわ。ダリルが同じ年頃の彼女をつくればすむ話じゃない。十代半ばの女の子には先輩として接していればいい。それなのにダリルにはどっちもできないんでしょう。

——訴えられたのはいつのことなの？」

「去年の学期末だよ」

「一年も経ってない？」

ますます苦笑したリィだった。

「あなたの言うように事件が冤罪《えんざい》だったとしても、

性懲《しょうこ》りもなく同じ年頃の女の子に近づこうとするなんて、あたしには信じられないわね。それじゃあ立派な性犯罪者じゃないの」

「ヴィッキー。さっきも言ったけど彼はいい奴だよ。女の子の好みについては問題があるかもしれないが、それは彼のせいじゃない」

「そうかしら？」

可愛い女の子を見ると自分で自分を抑えることができないんですなんて、まるっきり少女愛好趣味の変態どもの言い分である。

到底納得できる理屈ではないが、キアランは同じ男としてダリルの気持ちもわかると言いたいらしい。

「そのことでダリルを責めるのは酷《こく》だと思う。誰にだって好みってものがあるからね。好きな女性の型《タイプ》は特に、そう簡単に変わるもんじゃないんだよ。パーティの後、ぼくもさすがにいい加減にしろって怒ったんだが、ダリルは素直に聞き分けてくれたよ。自分が軽率だったたって反省していた。ぼくがきつい言い方をしたもんだから、あの子が傷ついたんじゃないかって心配もしていた。そういう奴なんだよ。困ったところもあるけど、悪い奴じゃないんだ」

リィはにっこり笑って頷いた。

「そろそろ出ましょうか」

「わかってくれたかい？」

「ええ。よくわかったわ」

熱心に友達を擁護するキアランは思っていたほど悪い男ではないらしいとリィは結論づけた。

常識がないだけのただの間抜けだ。

約束通り二人で勘定《かんじょう》を済ませると、キアランは店の人間に車を手配してもらった。

店の中で待つこともできたが、彼女は少し夜風に当たりたいと言って、ショールを纏《まと》って外へ出た。

店の前にはこぢんまりとした庭があった。

すぐ外は人や車の行き来する通りになっている。

既に深夜に近いが、大都会のマーショネスだから、街が寝静まることはない。煌《きら》びやかな照明に彩られ、通りには多くの人の姿がある。

彼女の前には街を彩るイルミネイションも脇役に回ってしまうようだった。賑やかな大通りからこの庭は丸見えだから、道行く人がみんな驚いて彼女を振り返って見ている。

傍にいるキアランは再び得意な気分を感じながら、彼女に話しかけた。

「車で行けばパレスはすぐそこだよ。そこで今度はシャンパンでもどう？」

ところが、彼女が答えるより先に、予定外の男の声がすぐ近くでしたのである。

「よう、今日は珍しくめかしこんでるじゃないか」

自分と彼女の間に悠然と割り込んできた男を見て、キアランは思わず息を呑んだ。

男のキアランが呆気《あっけ》にとられて眼を奪われたほど、それほど圧倒的で魅力的な姿の男性だった。

年齢は三十歳くらいか、恐ろしく背が高く精悍《せいかん》な顔立ちである。上等のディナージャケットとパンツ、正装ならボウタイをするのが決まりだが、固苦しい雰囲気を避けて、華やかなアスコットタイで首元を飾り、色鮮やかなカマーバンドをしている。

こんな積極的《アグレッシブ》な礼装が見事に様《さま》になる、華のある男だった。身の丈は二メートルに近いのに、少しも鈍重に見えない。洗練された堂々たる物腰である。

『女が放っておかない』とはまさにこの男のことだ。

張り合おうという気すら起きない。どんな女性も一目で夢中になるに違いない。

唖然《あぜん》としているキアランの眼の前で、その男は、キアランがまだ触れてもいない彼女の肩を親しげに抱き寄せて笑いかけたのだ。

「いいねえ。ふるいつきたくなる美女ぶりだぜ」

男の大きな身体の前では彼女の細い肢体はまるで小鳥のようだったが、その小鳥は恐れる様子もなく、たくましい男の腕に身を任せてくつろいでいる。

「そっちこそ。今日はどうしたのよ。水の滴《したた》るいい男じゃないの。なあに、この頭？」

笑いながら、彼女はきちんと調えられた男の髪に白い指を絡めて楽しげに撫でている。

「おい、頼むからかき回さないでくれよ。せっかく決めてきたんだからな」

眼の前で展開されたこの光景だけでもキアランが絶句するには充分すぎたが、さらに別の男が現れた。

「待たせたか?」

最初の男よりはもう少し背が低く、少し細身だが、百八十センチを優に越える均整の取れた長身である。年齢も少し若くて二十代の半ばくらいに見える。

そして何より、すばらしい美貌の主だった。キアランでさえ一瞬どきりとしたくらいだ。

凛々しい男の顔であると同時にぞくりとするほど艶めかしい。最初の男とはまた別の意味で、女性がうっとり見惚れるに違いない色白の妍麗《けんれい》な顔である。

灰色がかったシルバーに輝くジャケットに、柄の入ったベストとベストと共布で仕立てたボウタイ、パンツはジャケットと共布で、足元は飴色《あめいろ》に光る靴。礼装にしてはかなり砕けた雰囲気だが、たいていの男では負けてしまうはずのこんな洒落た服装を憎いくらいに着こなしている。

彼女は自分より頭一つも大きいその男を見上げて、悪戯っぽく微笑した。

「つれないわね。キスもしてくれないの?」

美貌の青年がどんな顔をしたのか、キアランには見えなかった。キアランが見ていたのは嬉しそうな彼女の表情だけだ。青年はちょっと迷ったようだが、少し屈《かが》んで彼女の頬にキスしたのである。

キアランに正気を取り戻す間も与えずに、最初の男が通りに眼をやって言った。

「お、やっとお出ましみたいだぜ」

店の前に車が止まった。最高級のリムジンだ。後部座席から降りてきたのはキアランとほとんど年齢の変わらない若い男だった。

サテンの襟《えり》の黒のタキシードに白のチーフ、黒のボウタイ、立ち襟の襞《ひだ》シャツに黒のカマーバンド。

奇しくもキアランとまったく同じ服装である。

女性のドレスを引き立たせるのが目的のもっとも地味な正装だが、決定的に違うのはその雰囲気だ。

キアランの足が無意識に後ろに動いていた。

相手は何もしていないのに、近づいてくる若者に気圧《けお》されて思わず後ずさっていたのである。

今までの男たちの中では背丈も尋常で一番細いが、夜の闇《やみ》を払って輝く抜き身の刃のような美しさと、見るものをたじろがせるような壮絶なまでの冷気は他の二人にもないものだ。

姿こそ細く美麗だが、誰もが息を呑むに違いない圧倒的な霊力《ちから》がキアランにさえ感じ取れる。

まるで『夜』の主《あるじ》が現れたようだった。

この若者を二十歳そこそこの若造と侮ることなど誰にもできはしないだろう。

若者の鋭い眼が彼女を見つめて微笑する。

彼女も微笑み返して手を差し伸べた。若者の手が彼女のしなやかな身体を我がもののように抱き寄せ、彼女も当たり前のように若者の腰に両腕を絡める。

二人がごく自然に唇を合わせるのを、キアランは為す術《すべ》もなく見ているしかなかったのである。

黒髪の若者は愛おしそうに彼女の金髪に触れて、威厳すら感じさせる声で、しかし優しく問いかけた。

「食事はどうだった？」

「美味しかったわよ。お料理は文句なし。あなたと一緒ならもっと美味しかったのに」

「埋め合わせはこれからする」

「期待してるわ」

若者が彼女の腰を抱いて歩き出すと、他の二人の男がさりげない動きで両脇についた。若者と彼女を護衛するようでもあり、隙あらば彼女を奪い取ると無言で宣言しているようでもあった。

そこにキアランの入る隙などどこにもない。

この時になって彼女はようやく思い出したようにキアランを振り返ってにっこり笑ったのである。

「今日は楽しかったわ。さよなら」

三人の男と彼女が乗り込んだリムジンが軽やかに走り去る。

一人取り残されたキアランは茫然と立ちつくして、それを見送った。


そのリムジンの中ではケリーが盛大に吹き出し、抜き身の刃のような鋭さを纏っていた若者は吐息を洩《も》らして、いつものルウの口調で言っていた。

「忙しいのに、ごめんね」

「なに。あっちはちょっと待たせても大丈夫だろう。役者だなあ、おまえ」

「ほんとは苦手なんだよ、こういう色男役」

「いやいや、どうしてどうして、堂に入ったもんだ。立派に商売になるぜ」

「何の商売？」

イヴニングドレスの美女はいつものリィの口調でヴァンツァーに謝っている。

「デート中なのに呼び出して悪かったな」

「二度はないぞ、王妃」

二十代の姿のヴァンツァーはこれ以上ないくらい顔をしかめて唇をぬぐい、横目でリィを睨んでいる。

「こんな真似までさせられるとは聞いていなかった。金輪際あんたには触りたくない」

「おれは黴菌《ばいきん》か？」

「もっと悪いだろうが」

ヴァンツァーは大真面目に言い返した。さっきのキスが（頬にとはいえ）相当抵抗があったらしいが、リィも奮然と言い返した。

「おまえな、おれだって不本意なんだぞ。あの男の前でちょっといちゃいちゃする必要があったんだ」

「そんな役目はレティーに振れ。奴なら喜び勇んであんたの相手をするはずだ」

当のレティシアが聞いたら『不条理だ！』と声を大にして訴えただろうが、リィは真顔で頷いた。

「それも考えたけどな。あいつじゃちょっと迫力が足らないんだよ。第一、おまえとあいつじゃ、どう見たっておまえのほうが色男だろうが」

「あんたにそんな評価をされても少しも喜べん」

ケリーが苦笑しきりで背後を振り返った。

「俺はあの彼氏にちょいと同情するがね。気の毒に。あれじゃあ当分立ちなおれんぜ」

「それでいいんだよ」

髪を短く整えたルウが真顔で頷いた。

「彼氏には申し訳ないけど、決定的な精神的痛手《ダメージ》を食らってもらうためにやったんだから」

しかし、仕掛けた当の本人だけは懐疑的だった。

「どうだか……本当に痛手になったか怪《あや》しいもんだ。すぐに他の女に目移りする性分みたいだしな。案外けろっとしてるんじゃないか？」

正装した男たちの深いため息三重唱が広い車内に響き渡った。

「エディ……それ本気で言ってるとしたら、ぼくも彼氏に同情するよ」

「鏡を覗いてみろよ、金色狼。どんな男も虜《とりこ》にする絶世の美女が映っているのが見えないか」

ルウとケリーが口を揃えて言えば、ヴァンツァーまでもが重々しく頷いて同意した。

「あれ以上は酷というものだぞ、王妃」

憧れの彼女にもう少しで手が届くかと思った矢先、見るからに自分より格上のいい男が三人も現れて、しかもその中の一人が彼女の本命に違いないという状況を目の当たりにさせられたのだから。

これで落ち込まなかったら男ではない。

ルウが安堵《あんど》したように息を吐いて相棒を見た。

「とにかく、これで片づいたよね？」

すると夜会服の美女は大胆に足を組んで、物騒な表情で断言したのである。

「おれもそう思ってたんだが、どうやらもう一仕事しなきゃいけなくなったみたいだぞ」

月曜の午後、ダリル・スヌープはクラブハウスに急いでいた。今日はフットボールの練習は休みだが、彼はクラブハウスに何かと用があるのである。

するとどう見ても中学生らしい少年がハウスの前をうろうろしているのに出くわした。

意外な姿にダリルも驚いたが、少年は人気のないクラブハウスに困惑していたようで、ダリルを見て、躊躇いがちに尋ねてきた。

「キアラン・コードウェルって人、いる?」

「きみは?」

「ヴィッキー・ヴァレンタイン。アイクラインから来たんだけど……」

その様子を、普段のリィを知っている人が見たら眼を疑ったに違いない。

大きめのパーカーを着ているせいかもしれないが、小さな身体がいっそう小さく見える。不安そうな、心許《こころもと》なさそうな顔をしながらも大事な用なんだと顔中で訴えている。大学という場所に緊張を隠せず、けれどそれを気取られまいと懸命に突っ張っている
その風情《ふぜい》は、ちょっと気弱な、ごくごく当たり前の十三歳の少年そのものだった。

「そうか。ぼくはダリル。ここのマネージャーだよ。今日は練習は休みなんだ。とりあえず入りなよ」

フットボールのクラブハウスはかなりの広さだ。

シャワー室や更衣室の他にミーティングルーム、休憩室。他にクラブの歴史や戦績を一覧できる部屋、監督やコーチの部屋、さらにはマネージャーの——つまりダリルの個室まである。

ダリルは少年を休憩室に案内した。

ここは応接室も兼ねた選手たちの憩《いこ》いの場である。広い室内にはゆったりと座り心地のいい長椅子がいくつも配置され、珈琲《コーヒー》の他にもいろいろな飲物が出せるようになっている。

今はがらんとした部屋の長椅子に少年を座らせて、ダリルは飲物を用意してやった。

「キアランを呼んでくる。それまでこれでも飲んで待っていてくれるかな?」

ダリルが差し出したのは子どもの好きそうな甘い

果実のジュースだった。普段のリィなら決して口にしないものだが、礼を言って素直に受け取った。

「すぐに戻るからね」

そう言って休憩室を出たダリルだが、キアランを捜しには行かなかった。

休憩室のすぐ外の廊下でしばらく時間を潰した後、そっと休憩室を覗いたのだ。

飲物は床にこぼれ、少年は意識を失って長椅子に身体を丸めるように倒れている。

それを見たダリルは急いで携帯端末を取り出して、どこかに連絡し始めた。

すぐに来るように言いながら入り口に鍵を掛け、自分の部屋に近い裏口で待機したのである。

やがて集まってきたのは、ダリルと同じ映画学を取っている学生四人だった。

ポスターや宣伝動画の作製のために彼らは頻繁《ひんぱん》にクラブハウスに出入りしている。

撮影機材を持ち込んでも少しもおかしくはないが、それなら練習が休みの日に来る必要はない。

しかも、四人を迎え入れたダリルは裏口にも鍵を掛けたのだ。

休憩室で眠っている少年を見て四人の学生のうち二人は舌なめずりし、二人は訝《いぶか》しげな顔になった。

「こりゃあいい。最高の被写体だ」

一人が喜んで言うと、二人が口々に反論した。

「どこがだよ？　まるっきり子どもじゃないか」

「顔は可愛いけどさ、ちょっと幼すぎるぞ」

「そこがいいんじゃないか。これは男の子だからな。あんまり育ったら興ざめだろう」

「男？　この顔で？」

「知らないのか。アイクラインの金髪だよ。いつももう一人の銀髪と一緒にいるのに——今日は珍しく一人なのか？」

「姉貴を釣り出すのは失敗したって言っただろう。なんでこの子がここにいるんだ？」

訊かれたダリルは笑いながら答えたのである。

「そりゃあ日頃の行いがいいからな。運は俺たちに味方したってことさ。自分から来てくれたんだよ」

「飛んで火に入る夏の虫だな」

「言えてる」

笑いを堪えきれない三人に比べて、文句を言った学生の一人は不愉快《ふゆかい》そうに顔をしかめている。

「いくら可愛くても男だろう？　気色悪い」

今回の獲物が少年だと知らされていなかったもう一人も不満そうで、口を尖《とが》らせて舌打ちした。

「こんな子どもを被写体にしてどうするんだよ？」

「決まってるだろう。欲しがってる奴に売るのさ。この子の写真や動画なら高値で買うって奴が何人もいるんだからな。少なくとも今のところ五人」

「俺も三人知ってる」

「俺は二人。顔写真だけでもって頼まれたんだけど、中学一年の男の子じゃあな……。下手《へた》に近づいたらそれだけで不審者扱いだ」

「どういう趣味かと思うけど、これだけ可愛けりゃ男でもいいんじゃないの」

ダリルと二人の学生はすっかりその気だったが、撮った画《え》を『商売』にすると初めて聞かされた残り二人は困惑した顔を見合わせた。

「男の子の写真を欲しがる奴って――男か？」

「男も女もいるけど、やっぱり男が多いな」

したり顔でダリルが答える。

「現物を見せてやれば欲しがる奴はもっと増えるぞ。だから、まず姉貴のほうを手懐けようとしたのにな。キアランのせいで台無しだと思ったけど、俺たちは運がいい」

「早く撮っちまおうぜ」

ダリルと二人の学生は撮影準備に入ろうとしたが、まだ困惑顔の一人が不安そうに言った。

「売るって言うけど、いいのかよ。あんまり大勢にばらまくのはまずくないか？」

「もちろん買い手は厳選するさ。第一そんなものを買ったことがばれたら自分も放校処分を食らうんだ。

大丈夫。誰もしゃべりゃしないよ。それより急いで背景をつくれ。ぐずぐすしていると薬がきれるぞ」

　ダリルも加わった五人はこぼれた飲物を片づけ、床に即席のパネルを張り、ダリルの部屋から暗幕を持ってきて長椅子の周囲をぐるりと囲っていった。

　休憩室の床や壁が映り込まないための工夫である。

　おまけに眠っている少年の身体を一度持ち上げて、長椅子にも暗幕を掛けた。何度もこんなことをしているようで、鮮やかな手際だったが、作業しながら学生の一人が苦笑した。

「どうせ背景は加工するんだから、ちょっと部屋が映ったってかまわないだろうに」

「だめだ」

　ダリルが厳しい口調で言った。

「間違っても現場がこのクラブハウスだってことを特定されないようにする必要がある。念には念をだ。

——その髪、ほどいたほうがいいんじゃないか？」

「すごいよなあ。ほんとに地毛かこれ？」

「女の子にもこんな金髪はいないぜ」

　髪をばらりとほどいて眼を閉じた顔だけを見ると、どこから見ても美しい少女にしか見えない。

　長椅子をすっかり暗幕で囲い、撮影用の照明まで灯して、準備万端整ったところで一人が言い出した。

「この子は脱がせるだけなのか？」

　他の学生が口々に言い返す。

「そりゃそうだろ。男だぜ」

「俺はごめんだね。おまえ、やる気かよ？」

「だったら止めないぜ。ばっちり撮ってやる」

　言い出した学生は慌てて言い返した。

「俺だってお断りだよ！」

　その会話の意味するものは明らかだった。

　意識を失わせた少女たちの服を脱がせて被写体にするだけでは済まなかったということだ。

　それも恐らく一人や二人ではない。

　そして今度は自分たちが楽しむばかりではなく、利益を得ようというのである。

「これは今までのと違って販売目的なんだろう？　男の子の裸《はだか》が好きな連中に売るなら、絡みの場面も撮っておいたほうがよくないか？」

「理屈ではそうだけど、誰がやるんだよ？」

「いくら顔がこれでもなあ、さすがに萎えるぜ」

学生たちはげらげら笑っている。

一方、ダリルはその点も考慮していたと見えて、したり顔で彼らに提案した。

「ものには順序がある。まず裸にして写真と動画を撮るんだ。それをこの子に見せて、ばらまかれたくなかったらこっちの言うことを聞けって言えばいい。誰か希望者の相手をさせるのが一番いいだろうな」

学生たちはたちまちダリルの意図を察したようで、下卑《げび》た笑いを浮かべた。

「相変わらず悪知恵が働くよ」

「俺たちはその希望者から紹介料を取って、現場を盗撮するんだな？」

「それじゃあおもしろくない。それより相手の顔は写さないという条件でこっちに協力させるべきだな。盗撮よりそのほうが自由に撮影できる」

「そりゃあいい」

「すごい画《え》が撮れるぜ。この子とやりたいって言う奴なら捜せばいくらでも見つかるからな」

「男同士ってのがぞっとしないけど」

そうして一人が手元を隠すために手袋までして、意識を失っている少年の前に膝をついた。

別の一人が照明を、二人がそれぞれ違う角度から撮影機材を扱っている。

「やれやれ。女の子なら楽しいのに……」

ぼやきながら少年の服に手を掛けようとした時だ。

その学生は側頭部にものすごい衝撃を食らって、顔から床に激突した。

眠っているはずの少年が横たわった姿勢のまま、狙い違わず蹴りを入れたのだと理解できたかどうか。

次の瞬間——

「ひっ！」

「ぐえっ！」

「ぎゃあっ！」

三人がほぼ同時に悲鳴を上げて機材や照明を取り落とし、その場に悶絶《もんぜつ》したのである。

気がつけば立っているのはダリル一人だった。

あまりにも一瞬のことで、いったい何が起きたかダリルにはわからなかった。

最初の一人は脳震盪を起こして完全に伸びている。他の三人も床に倒れてぴくぴく痙攣《けいれん》している。

彼らを倒したものの正体は小さな鉛の弾だった。

ずっとパーカーのポケットの中だった少年の手が、それを摑んで投げ打ったのである。

しかし、それはあまりにも一瞬の早業だったため、ダリルには見えなかった。

彼が見ていたのは、眠らせたはずの小さな身体が傍目にもわかる霊気《オーラ》を伴ってむくりと起きあがり、激しい炎を燃やしている緑の双眸がまっすぐ自分に向けられるところだった。

立ち上がった少年はさっきの気弱そうな様子などかなぐり捨てている。

「おれが目当てだったのか、最初から？」

凄まじい怒気に染まった顔で、地獄の底から響く魔王さながらの声で、少年は言った。

「そのためにドミに近づこうとしたのか？」

「な、何のことかな……」

ダリルは引きつった笑顔で後ずさったが、少年が再びパーカーのポケットから取り出したものを見て、一瞬で顔色が変わった。

小型の録音装置だった。

果たして音声を再生すると、先程の彼らの会話の一部始終が明瞭《めいりょう》に流れ出したのである。

「男はおれが初めてだというなら、貴様らは今まで何人の女の子を薬で眠らせて被写体にした？」

少年の言葉が終わるまでダリルは待たなかった。

こんなものを誰かに聞かれたら身の破滅だ。

血相を変えて少年に摑みかかった。

「それを寄越せ！」

相手は非力そうな少年だし、自分のほうが遥かに身体も大きい。腕力で負けるはずなどなかったが、再び少年の蹴りが炸裂した。

ふっとばされたダリルの身体は暗幕を巻きこんで、床に倒れ、したたかに頭を打って気絶したのである。

激しい頭痛を感じながらダリルがようやく意識を取り戻した時、信じられないことになっていた。

手足の自由が利かない。

おまけに衣服を身につけていない。

靴も靴下も下着すらもだ。素っ裸で縛り上げられ、腹這《ば》いに床に転がされている。

しかも、その縛り方が問題だった。両手を背中に回されているのはともかく、両足まで膝で曲げられ、両方の足首を手首と一緒に括《くく》り付けられているのだ。

あられもない格好にダリルは啞然とした。

自由を取り戻そうともがいても、こんな体勢ではろくに力が入らない。下手に身動きしようものなら、無理な姿勢を強いられて息が苦しくなる。

焦って辺りに眼をやると、同じように無様な姿で縛られた仲間が腹這いになっていた。

その前にあの少年が立ち、侮蔑の眼差しで仲間を見下ろしている。

「名前と学部は？」

半泣きの声で仲間が答えると、次の質問だ。

「端末を開ける合言葉《パスワード》は？」

見られたらまずいものが山ほど入っているので、彼らの端末にはみんな鍵《ロック》が掛かっている。

今度は仲間も口ごもって素直には答えない。

すると、少年は仲間を蹴飛ばした。その一蹴りで自分より大きな相手を強引に仰向けにすると、一番触れて欲しくない剝き出しの部分に容赦なく靴底を押し当てたのである。

「こんな汚《きたな》らしいものは靴越しでも踏みたくない。犬の糞《くそ》を踏んづけるほうがまだましだが、世のため人のためにも踏み潰しておくべきだろうな」

身も世もない惨《みじ》めな悲鳴が上がった。

こんな恐怖と激痛に耐えられるはずもなく、その仲間は息も絶え絶えになりながら合言葉を答えた。

その合言葉で仲間の端末が開くのを確認すると、他の三人は既に名前も合言葉も聞き出した後らしく、少年は今度はダリルの元にやってきたのである。

汚物を見つめるような少年の視線から逃げようと不自由な姿勢で必死にもがいたダリルは、その時、自分を見下ろすもう一つの顔に気がついた。

金銀天使の片割れの少年だ。

「た、助けてくれ……！」

思わず懇願《こんがん》すると、銀髪の少年は実に可愛らしく眼を丸くして、にっこり微笑んだ。

「正気で言ってます、それ？」

優しく美しい笑顔は同時に明らかな嫌悪と侮蔑と、相方の少年にも劣らない激しい怒りを浮かべている。

人の命運を司《つかさど》る死の大天使が存在するとしたら、今のこの少年がまさにそれだった。

「あなたたちが得意満面で話している間、わたしがどれだけ飛び出すのを我慢していたと思うんです？　あんな苦行を強いられるのは二度とごめんです」

「おれもだ」

金髪の少年もおぞましそうに身震いしている。

飲物に何か入っていることはすぐに気がついた。

この連中の狙いを知るために寝たふりを続けたが、長椅子に暗幕を掛ける時、この連中の手が不躾《ぶしつけ》に自分の手足に触れ、身体を持ち上げ、頭をいじった。

あの時は危うく芝居を放棄《ほうき》しそうになったのを、すんでのところで思いとどまったのだ。

しかも、寝たふりを続ける自分の耳に届いたこの連中の会話と来たら言語道断だった。あんなものを聞かされるだけで身が汚れると思ったくらいだ。

もともと眩しい人だが、今のリィは灼熱の光線で愚かな人間を焼き尽くす至高の天使である。

その眼に見据えられているだけでダリルは生きた心地がしなかった。

「眠ったふりがあんなにしんどかったことはないぞ。——今まで何人の女の子を被写体にした？」

答えられるわけがない。ダリルが沈黙していると、少年はダリルの顔を狙いすまして蹴り上げた。

一撃で鼻骨をへし折られたダリルは盛大に鼻血を吹き出し、口の中に流れ込んできた自分の血の味と床に広がる血溜まりに恐怖して悲鳴を上げた。

「血！……血が！」

「だから？」

今のリィに慈悲《じひ》を求めるのは、太陽に向かって『燃えないでください』と懇願するに等しい無謀だ。

「薬を使って被写体にした女の子は何人いる？」

「お、覚えてないよ！」

ダリルは泣き叫んだ。事実だったからだ。

言い換えれば覚えていないほど数があるわけだ。

シェラは不快そうに顔をしかめ、リィはダリルのひょろ長い身体を勢いよく蹴飛ばして仰向けにした。

結果、縛られた両手足首にみしりと体重が掛かり、脇腹を蹴られた激しい痛みも加わり、ダリルはまた悲鳴を上げる羽目になった。

「売りものにするのはおれが初めてだと言ったな。それなら今までのは何だ。口封じの材料か？」

「……そ、そうだよ！」

「その記録はどこにある？　もちろんその人たちの名前と身元も控えてあるはずだな」

それがなくては脅迫の材料には使えない。

ダリルは躊躇った。しゃべったら決定的な証拠を握られてしまうからだ。

すると、今度は銀髪の少年が男の急所にじわりと靴底を押し当ててきたのである。

「お早めに。わたしはこの人ほど優しくはないので遠慮なく潰しますよ」

その金髪の少年はちっとも優しそうには見えない顔で、恐怖に青ざめるダリルを嘲笑《ちょうしょう》している。

「もう一つ、おれの写真や動画を高値で買うという皆さんの名前もぜひとも教えてもらおうか」

ダリルはもちろん洗いざらい白状した。

リィとシェラがフォンダム寮に戻ったのは夕食もそろそろ終わろうかという遅い時間だった。

ダリルがどういう人間かをちょっと探るつもりで、具体的には去年の事件をダリル自身がどう語るかを記録するために録音装置を持っていっただけなのに、予想外の大仕事になってしまったからである。

あの後、手分けして五人それぞれの部屋に侵入し、記録の入った端末を無断で借り（盗んだとも言う）、今後の方針をサフノスクのルウと相談してきたのだ。

話を聞いて、ルウもさすがに驚いた。

彼らの端末を調べてみると、正視しかねる写真や映像が山ほど記録されていて、こんなものはとても人目のあるところでは開けないし、開く必要もない。

ただ、被害の実態だけは把握《はあく》しなければならない。

そこで三人はスヴェン寮のルウの個室まで行って、顔をしかめながら詳細を調べたのである。

女の子一人につき一つのファイルがつくられて、そのファイルの数は四十を超えている。

ファイルには少女たちの名前と所在に年齢も記載されていたが、ほとんどが十四歳から十六歳とある。

ダリルを主犯とした連中が日常的に薬物を使った集団性的暴行を行っていたのは明白だった。こんな不届きな学生は一日たりとも連邦大学に在籍させておくわけにはいかないが、中学生のリィとシェラが大学当局に乗り込むこともできなかったのだ。

第一、そんなことをしたらダリルたちの悪行《あくぎょう》がすべて表沙汰になってしまう。

それは避けるべきだとルウも賛成した。

被害者のうち実際に訴えたのはたった一人。

他の被害者は写真を恐れて泣き寝入りしたのか、表沙汰にしたくなかったのか、もしくは忘れたいと思っているのか、それぞれ事情があるはずである。

ルウは自分の口からクラッツェン総合学長に告げ、学長からホプキンス側に話してもらうと約束した。

　そしてリィは自分が原因でドミューシアがこんな連中に狙われたと知って強い衝撃を受けていた。

　複雑な顔で黙り込んでいる相棒に、ルウは優しく話しかけたのである。

「きみが考えたところでどうなるものでもないよ」

「…………」

「きみは可愛くて、あしらいやすい子どもに見える。おかしな人たちが興味を持つのは仕方がないんだよ。だけど、この人たちはまだ興味を持っただけなんだ。実力行使に出るのは許してやりなよ」

　ダリルから聞き出した、リィの写真や動画を欲しがっているという学生たちのことだ。

　今のリィはそれすらどうでもいいらしい。

　自分の手の届かないところで、親しい人がこんな被害に遭うのは耐えがたいことだった。

「おれ自身に向かってくるならどうとでもなるけど、なんでドミに……」

「ドミは実際に何かされたわけじゃないんだから、あんまり気にしなくていい。こうなると、結果的にキアランにはお礼を言ったほうがいいかもね」

「冗談じゃない。どっちもどっちだろうが」

　リィは苦々しい顔だった。

「あの野郎。何が中学生にそんな真似をする奴じゃないのは保証するだ。見る眼がないにも程がある」

　シェラが訊いた。

「キアランは本当にダリルの悪事を知らなかったと思いますか？」

「ああ。その点は嘘じゃない。五つも六つも年下の女の子が好みだなんて困った奴だと思ってはいるが、それだけだ」

　ルウが頷いた。

「案外、ダリルの正体を知らされたら、一番衝撃を受けるのはキアランかもしれないね。――ところで、その五人はどうしたの？」

「あのままクラブハウスに放ってきた」

「きみたちの仕業《しわざ》だってしゃべったりしない？」

「言いたくても言えないだろうさ」

リィが差し出したのは彼ら自身の撮影機だ。

素裸にされて見苦しい格好で縛られている五人がしっかり録画されていて、ルウは苦笑した。

「うわあ……これは醜《みにく》いねえ」

「自業自得だ」

そうして、リィとシェラがやっとフォンダム寮に戻ってくると、意外な人が待っていた。

ドミューシアである。

待合室で時間を潰していたドミューシアはリィの顔を見ると、何やら安堵した顔になった。

シェラは気を利かせて先に食堂に向かい、リィはあんなことの直後だけに慎重に尋ねたのである。

「何かあったのか？」

「別に……」

これといった用事があったわけではないようで、ドミューシアは言い惑っている。

リィが待っていると、彼女は急に顔を上げた。

「戻らないと。ご飯食べそこなっちゃう」

「ドミ？」

弟をちらっと見下ろしたドミューシアはことさら何でもない様子で言った。

「ほんとにもういいのよ。あんたが髪を切るんじゃないかって思っただけだから」

「切ったほうがいいならそうするぞ」

「だから！」

声を荒らげたドミューシアは弟の大真面目な顔に出くわして、疲れたように肩を落とした。

「あんたってどうしてそうなのかな？　これじゃあ、悩んだあたしが馬鹿みたいじゃない」

「帰るんならタクティス寮まで送る」

「いいわよ。すぐそこなんだから一人で帰れるわ。あんたが夕食抜きになるわよ」

「だめだ。送る」

ドミューシアは迷ったが、この弟が言い出したら聞かないことはわかっている。

遅い時間なのでバスの中に生徒は二人きりだった。

リィと並んで座っていたドミューシアは、やがてぽつりと呟いた。

「ごめんね」

「何が？」

「ひどいこと言ったでしょ」

嫌いだと言ったのを後悔しているらしい。

リィは気にしていないと言おうとしたが、彼女は続けて独り言のように呟いたのだ。

「デイジーもかわいそう。そのうちあたしみたいな思いをすることになるんだわ……」

かつて千の軍勢を一人で相手にできると敵味方に畏怖されたリィがほとほと弱り果てて白旗を揚げた。

「ドミ……。おれのほうが逆に訊きたいくらいだ。この顔がそんなに目障りなら……」

「そんなこと思ってない」

即座に否定して、ドミューシアは真剣そのものの表情で弟の顔を見つめてきた。

「本当よ。あんたを目障りなんて思ったことはない。中身はちょっと生意気かなって思うこともあるけど、外見は天使だもんね」

リィは疑いの眼差しでドミューシアを見た。

自分は女心にも疎いという自信と自覚があるので、その言葉を額面どおりには受け取れなかったのだ。

ドミューシアは何か思い出して、くすりと笑った。

「ファビーが言ってた。あんたは、自分がどんなに可愛いか知らなさすぎるって。もったいないね」

「自分の顔に見惚れる趣味はないからな」

憮然《ぶぜん》として言ったリィだった。

「ドミは結局、どうしたいんだ？　おれが目障りでないなら、何がそんなに気に入らない？」

「あんたは何も悪くないし、あんたのせいじゃない。――あたしはあんたを見るの、好きよ」

唐突《とうとつ》な言葉だが、ドミューシアは真面目だった。

バスの頼りない照明にさえ眩しく反射する金髪や宝石のような緑の瞳、磨き上げたようにつややかな

頰をつくづくと眺めて微笑した。

「あんたときたら信じられないくらいきれいだもの。弟なのにね。変かもしれないけど、きれいなものをきれいだと思うのも、それを眺めるのが好きだって思うのも、理屈じゃないでしょ」

「おれは観賞用としては役に立ってるわけか？」

「そういうこと。だから、あたしの言うことなんか気にしないでよ。あんたがほんとに髪を切ってたらどうしようかと真剣に思ったんだから」

ドミューシアはわざと元気に言って前を見つめ、深く息を吸った。

「いやなのはね、あんたと比べられること」

「…………」

「人には言わせておけばいい。それはわかってる。それでも実際に聞くと気持ちのいいもんじゃない」

「…………」

「だけど本当にいやなのは……一番いやなのはね。あたしが自分で、あたしとあんたを比べることよ。そんなことしたって意味がない。何にもならない。わかってるのにね。——ほんとにいやになる」

リィは黙っていた。

こんな時に気の利いた台詞が言える自分ではないことをリィはよく知っていた。

ドミューシアがちょっと笑って訊く。

「呆れてる？」

「いいや」

「じゃあ、怒ってる？」

「女心は複雑すぎておれにはわからないと思ってる。比べるのはいやなのに、ドミはおれの顔を見るのは好きなんだろう？」

ドミューシアは真顔で頷いた。

「言っとくけど顔だけじゃないわよ。それはほんと。だから困ってる」

「何だかなあ……」

苦り切った声を洩らした弟がおかしかったのか、ドミューシアは楽しげな笑い声を立てた。

「彼氏ができたら真っ先にあんたに会わせようっと。それであたしの眼の前であんたに見惚れたりしたら、即行でふってやるんだ」

「その前におれが叩きのめしてやるよ」

「ありがと」

バスがタクティス寮前で止まる。ドミューシアはここでいいと言ったが、リィは頑固《がんこ》だった。

寮の玄関まで送っていった。


ホプキンス大学のフットボールのクラブハウスで、五人が発見されたのは翌日の朝のことだった。

半日以上も不自由な姿勢で放置されていた彼らはほとんど半死半生の体《てい》で病院に運ばれたのである。

しかも、自らの排泄物にまみれた姿でだ。

彼らはどんなに問いつめられても何があったのか語ろうとしなかったが、それからまもなくダリル・スヌープ以下四名は素行不良を理由にホプキンスを放校されたのである。

詳しい理由はいっさい発表されなかった。

しかし、いくら伏せても五人もの放校処分だ。その頃には彼らが何をしたのか学生たちの口にも上るようになっていた。

そんな折も折、アイクライン高等部をキアランが訪ねてきたのである。

受付で面会を申し込んでいるところに、たまたまファビエンヌが通りかかり、ファビエンヌは害虫を見るような眼でキアランを睨みつけ、小柄な身体を怒りに膨らませて突進した。

「キアラン・コードウェル！　ここで何してるの。あんたはここには用事なんかないはずよ。さっさと帰ったらどう？」

その猛攻にキアランは怯《ひる》んだが、帰りはしない。

弱々しい声ながらも、はっきりと言った。

「あの子に謝ろうと思ってきたんだ」

「へええ？　今さら」

ファビエンヌは憎々しげにキアランを睨んだが、

ダリルの行状はうすうす聞こえている。そのこともファビエンヌの怒りに火をつける原因になっていた。

「あんたは本当に知らなかったの？　案外ダリルと一緒になって悪さしてたんじゃないの？　あんたは有名選手だから処分が見送られたって言うんなら、そんな不公平は認められない。正式にホプキンスに抗議するわよ」

「それは違う。ファビー。ぼくは知らなかったんだ。誓って嘘じゃない」

キアランの顔にも怒りがあった。

ダリルとその仲間たちに対する怒り、今まで気がつかなかった自分に対する怒りとやりきれなさだ。

「最初はまさかと思ったよ。まさかダリルがあんな――とても信じられなかった」

あのクラブハウスには二つの入口がある。

選手の更衣室やシャワー室、娯楽室は正面入口に寄っているから、マネージャーの部屋の近くにある裏口には選手は誰も近づかない。

ダリルはそれをいいことにやりたい放題だった。

ひどい時は選手がグラウンドで練習に励《はげ》んでいる最中に、何も知らない女の子を裏口から招き入れて、マネージャーの部屋で乱暴していたというのだから、これはフットボールクラブぐるみの犯行ではないか、部内に複数の共犯者や協力者がいるのではないかと大学当局が考えたのは当然である。

しかし、キアランも含めた選手たちは本当に何も知らなかった。自分たちの眼の前で、練習中にこのクラブハウスでそんなことが何度も行われていたと聞かされて、もっとも衝撃を受けたのは選手たちだ。

それでも無罪放免というわけにはいかない。

監督やコーチが監督不行届の責任を問われたのはもちろん、選手たちも厳重注意を受けたのである。

記録には残らないとしても、卒業時の人物評価に影響が出るのは避けられない。

特にキアランに対する風当たりは強かった。

ダリルはクラブのマネージャーとしてというより、

キアランと親しいという立場を利用して少女たちに近づいていた。そしてキアランもそれを知っていた。

だが、キアランはダリルのその行動を、ダリルの純粋な恋心だと信じて疑っていなかった。

ダリル自身がそう話していたからだ。

結果的にキアランも彼に騙《だま》されたことになるが、それで済まされる話ではない。

ファビエンヌが言ったように、最初はキアランも共犯ではないかとずいぶん疑われ、詰問されたのだ。

最終的には無実を信じてもらえたが、キアランは当面の公式戦の出場停止を言い渡され、しばらくは練習も自粛するように言われている。

その事情はファビエンヌも知っていたが、彼女は傷心のキアランを一刀両断にした。

「まったく男って！　馬鹿じゃないの！」

キアランには返す言葉もない。

力無く項垂れた様子をさすがに哀れに思ったのか、ファビエンヌは一つ息を吐いた。

「同情はしないけど、ここまで来た勇気に免じて、会いたがるかどうかだけは訊いてあげるわ」

ドミューシアは体育館でロッドの練習中だった。

十五歳の彼女だが、高校生の少女たちと比べても群を抜いて強い。ややもすると高校一年の男子とも互角以上に打ち合ったので、相手をした生徒たちはみんな驚いて歓声を上げた。

「すごいよ、ドミ！」

「強いなあ！」

自分の棒術が思った以上に通用するとわかって、ドミューシアも上気した頬で嬉しそうに笑っている。

「きっと先生がいいからよ」

「ベルトランの学校の先生？」

「ううん。あたしのロッドの先生。すごく強いの。あたしより年下なのに一度も勝てない」

休憩しているところへファビエンヌがやって来て、話を聞いたドミューシアは複雑な顔になった。

彼女もダリルのことは噂《うわさ》で聞いている。

だからといってあの時のキアランの言葉が消えるわけではないが、ここまでわざわざ来てくれたのだ。

躊躇った末、会ってみると返事した。

もちろん、ファビエンヌも一緒について行った。ドミューシア一人だけで会わせたりはできないと、ファビエンヌは世話役としての義務感に燃えている。

今のキアランはそのくらい信用がないのだ。

キアランは体育館の外でうろうろと待っていた。ドミューシアを見ると、キアランは複雑な表情で、急いで頭を下げたのである。

「ごめんよ。きみを傷つけるつもりはなかったんだ。今日はそれを謝りたくて……」

「いいんです。似てないのはほんとだから」

「よくはない。きみは可愛いよ。あのパーティでも目立って可愛かった。——それを言いたかったんだ。本当に……悪かったと思ってる」

ファビエンヌが忌々しげに言う。

「あの時はっきり言えばよかったのよ。ダリルには近づくなって」

「それは言えないよ。友達なんだから。少なくともあの時は友達だと思っていたんだから。きみだって知らなかっただろう?」

「……まあね」

ファビエンヌも苦い顔だった。

ずっと以前からの知り合いだが、ダリルの印象は毒にも薬にもならないという表現がぴったりの薄いものだった。その彼がまさかあんな真似をするとは——と驚愕《きょうがく》したのは確かである。

気まずい沈黙が三人の間に広がりかける。その時、キアランが躊躇いながらドミューシアに話しかけた。

「……念のために訊くんだけど、きみの知り合いにヴィッキーって人はいる?」

ドミューシアは訝しげな顔になった。

「それなら弟ですけど?」

「そうじゃない。弟じゃなくて。もっと年上の——

ぼくと同じくらいの女の子」

「友達にヴィクターっていう男の子ならいますけど、あたしの知っているヴィッキーは弟だけです」

「そうか……」

キアランはなぜか深い息を吐き、ドミューシアの握ったロッドを見て明るく笑いかけた。

「ぼくは高校時代、ロッドの選手もやってたんだ。よかったら相手しようか？」

「ほんとですか？」

「ああ。ぜひやらせてよ。このところ暇でさ」

ファビエンヌがからかうように言った。

「上等だわ。この三年はずっとフットボールでしょ。どこまで腕が鈍ったか見せてもらおうじゃないの」

「おいおい。いくら何でも高校生には負けないよ」

キアランは自信ありげに言った。靴を履き替えて体育館に入ってきたキアランに気づいて、練習中の生徒たちが歓声を上げる。やはり有名人なのだ。

ドミューシアはキアランと向き合って開始位置に着いたが、急に『しまった』という顔になった。

リィが体育館に入って来るのが見えたからだ。

せっかく近くにいるんだから練習相手になってと頼んだのはドミューシア自身だ。しかし、この弟がキアランと鉢合わせして無事で済むはずがない。

案の定、リィは体育館にいた生徒から話を聞いて一気に険しい顔になった。つかつかと近寄ってきて、キアランを見上げて言った。

「おまえがキアラン・コードウェルか？」

中学生らしからぬ口調にキアランは眼を剝いた。

「年上に向かってずいぶんな言葉遣いだな」

「おまえのような礼儀知らずにはこれで充分だ」

ファビエンヌが頭を抱えている。

もちろんドミューシアも慌ててリィの袖を引き、「もういいんだってば」と小声で牽制《けんせい》した。

キアランの態度は立派だった。彼は怒れる小さな少年に向かって真面目に話しかけたのである。

「きみのお姉さんに失礼な態度を取ったことを謝る。

あの時は、ダリルがお姉さんに近づこうとするのを止めなきゃって、それしか考えてなかったんだ」

ドミューシアも急いで言った。

「リィ、彼はわざわざ謝りに来てくれたの。だから本当にもういいのよ」

少年はそれでも険しい顔をしていたが、ロッドを握ったキアランを見て、不敵に笑った。

「キアランはロッドをやるのか？」

「ああ、やるけど？」

「来い。相手してやる」

その言い分にキアランは今度こそ眼を剝いたが、ドミューシアとファビエンヌが血相を変えて叫んだ。

「だめ、リィ！」

「ヴィッキー、まずいってば！　こんなのでも一応ホプキンスのエースなんだから！」

「そうよ！　怪我させたらどうするの！」

耳を疑ったキアランだった。

『こんなの』というファビエンヌの台詞も傷つくが、まさか『怪我をさせられる』と心配されているとは男の沽券《こけん》に関わる一大事である。

相手は自分より七つも年下で体格もずっと小さい少年なのだから。

「……きみは強いのか？」

「おれの台詞だ。どのくらい使えるんだ？」

「生意気な子だな。全国大会で三位に入ったんだぞ。個人の部で」

「何だ。一番じゃないのか？」

この少年が意図的に火に油を注いでいることなど、キアランにわかるはずもない。

わかっていたドミューシアは『ほんとにこの子ときたら！』と激しい苛立ちを絶望的な表情に乗せて、慌ててキアランをなだめようとしたのである。

「ご、ごめんなさい。本当に生意気な子で……」

「こんな奴に謝るな、ドミ」

十歳も年上の兄のような口調でリィは言った。

「もともとおまえに止められなかったら、とっくに叩きのめしてるところだったんだ。ちょうどいい」

キアランはまさに絶句していた。

満面朱を濺《そそ》いで、物騒な顔つきで唸った。

「こっちの台詞だ。このところ運動不足なんでね。少し本気を出させてもらおう」

あまりに生意気な少年を少し懲らしめてやろうと、キアランが思ったとしても誰も責められない。

ドミューシアはますます絶望的な表情になったが、もう仕方がない。

弟に立ち位置を譲りながら真顔で囁いた。

「救急車を呼ぶような騒ぎは絶対だめだからね」

「それはあいつの根性次第だ」

「リィ！」

「骨は折らない。自力で歩いて帰れる程度にする。それでいいな？」

ドミューシアははらはらしながらも頷いた。

この辺が妥協の限界なのはわかっていたからだ。

ファビエンヌが諦め顔で生徒に指示を出している。

「入口を全部閉めて。ここはしばらく立入禁止よ」

二人から離れながら、そのファビエンヌの処置にドミューシアが感謝の眼を向けた。

「――知ってるんですか？　あの子のこと」

「ちょっとだけ。見た目通りじゃないってことはね。あなたのほうが詳しいでしょ。あの子の実力は？」

ドミューシアは何とも言えない顔になった。

「あたしの最初のロッドの先生って、ベルトランの元チャンピオンで、国際大会にも何度も出場してる選手だったんですけど……」

ファビエンヌは思わず声を低めた。

「ひょっとして、その先生に勝っちゃったわけ？」

ドミューシアも小声で囁き返した。

「その先生を含めて大人三人を相手にして――です。それでもかなり手加減してたと思います」

「……あの子、本気でやったら、国際大会の成人の部で優勝できるかもね」

「いえ、きっと一回戦で失格負けです」

「最初から勝ち上がる気はないわけね……」

ファビエンヌとドミューシアは深々と嘆息した。

ロッドを離れて三年のキアランに太刀打ちできるわけがないが、キアランにはそれがわからない。

眼に映るのはあくまで華奢《きゃしゃ》で美しい天使のような少年だからだ。中身は狼であるといくら言われても、身体で思い知らされなければ実感できない。

キアランと向き合ったリィはそっと微笑した。

結局のところ、こういうやり方のほうが自分には合っているらしいと思ったのだ。

十九歳のヴィッキーと会えなくなってキアランがどれだけ落ち込んだか、実は未だに立ち直れないでいることとか、そんなことはリィにはわからないし、興味もない。

それよりは怒りに顔を歪《ゆが》めた相手がロッドを握り、敵意を燃やして眼の前に立ちはだかっている。

そのほうが遥かにわかりやすい。

だから、キアランには意味が通じないだろうが、いつぞやの質問の答えを、ことさら挑発するように言ってやった。

「フットボールの片手間にやってたおまえと違って、おれはこれが専門だからな。揉《も》んでやるよ」

「えらそうに……。思い知らせてやる」

「できるかな?」

開始の合図と同時に、リィのロッドがキアランに襲いかかった。

初《はつ》戀《こひ》の詩《うた》

ヴァンツァー・ファロットはその日初めて校内の映像図書館を訪れた。

　連邦大学のほとんどの学校にある施設である。

　プライツィヒの生徒たちも頻繁《ひんぱん》に利用しているが、ヴァンツァーは今までここには無縁の生徒だった。

　そもそも彼は娯楽自体を楽しむことが少ない。せいぜい勉強の合間に古典音楽を聴くくらいだ。

　図書館の司書はヴァンツァーの顔を見て驚いたが、同時に張り切って声を掛けた。

「やあ、嬉《うれ》しいね。やっと学校一の秀才がお越しだ。ご希望は？」

「ジンジャー・ブレッドの出演映画を」

「作品名は？」

「全部だ」

　司書は呆気《あっけ》にとられた顔になった。

　手元の端末を操作して、疑わしげに問い返した。

「三百本以上あるけど、ほんとに全部？」

　さすがにヴァンツァーも沈黙せざるを得なかった。

　訂正を余儀なくされて、注意深く質問した。

「主演映画なら何本になる？」

「百五十八本」

　司書はすかさず答えて、親切につけ加えた。

「一本も観たことがないなら、主演じゃないけど、デビュー作は観るべきだよ。ずっと舞台女優だったジンジャーの初映画出演作だ。——映画そのものは駄作だけど、彼女の演技だけは観る価値がある」

「ではそれを」

「了解。C14ブースが空いてる」

　再生準備《スタンバイ》を済ませた司書に短く礼を言ったものの、ヴァンツァーはふと気になって尋ねた。

「そんなに駄作か？」

　司書は笑って手を振った。

「期待しないほうがいい。ジンジャーの初出演作でなかったらとっくに目録から削除されてる映画だ」

指定されたブースに一人で入ったヴァンツァーは、まず作品紹介に眼を通し、制作年を見て嘆息《たんそく》した。

実に六十年近く前につくられた映画である。

それなのに、この時点で彼女の舞台歴は既に十年。

これは文字通り半生を演技に捧げてきた人が舞台以外で初めて演技を披露《ひろう》した記念すべき作品なのだ。

駄作といえども軽んじるわけにはいかない。

それを肝に銘じて、ヴァンツァーは真剣に映画を鑑賞し始めた。

画面の中には少女のジンジャーが映っていた。

この時の彼女は明らかに今の自分より年下だろう。

まだまだ未熟で、自分では大人だと思っていても世間がどんなものかをまるで知らない。

強がっていても肩は細く、眼は揺らいで、けれど自分を押し潰《つぶ》そうとする何ものにも負けまいとして、懸命《けんめい》に胸を反らしている。

映画そのものは確かに駄作だったが、その様子が微笑《ほほえ》ましかった。


この日以来、ヴァンツァーはほとんど連日、映像図書館に通うようになった。

プライツィヒでは（連邦大学のほとんどの中学校、高校がそうだが）生徒は寮の自室で娯楽番組を観ることはできない。自室はあくまで勉強のためのものだからだ。報道番組は食堂や娯楽室など公共の場で見るもので、映画など娯楽作品を観ようと思ったら、映像図書館まで出向く必要がある。

連邦大学は生徒や学生に対して、大いに勉強することを求めるが、知識を深めることと同様、人生を豊かなものにする努力を強く求めている。

具体的には二種類以上のスポーツや地域への貢献《こうけん》、趣味を見つけてその活動に積極的に取り組むことを奨励《しょうれい》しており、それを評価の基準にする。

いくら成績がよくても勉強ばかりしている生徒は高い評価はされないのだ。

ヴァンツアーは授業中に積極的に意見を述べる。

他校との交流にも熱心で運動もよくする。

唯一の欠点が『無趣味』ということだったから、教師陣はヴァンツァーの変化をむしろ歓迎した。

ヴァンツァー自身、まさかこんなに数があるとは思わなかったので、連日せっせと図書館に通って、やっと十本ほど観終わった頃——。

思いがけず、当の本人が連絡してきた。

金曜の夜になると、寮の生徒たちは故郷の家族と恒星間通信で話すのに忙しい。

身寄りのないヴァンツァーはいつも静かな時間を過ごしていたが、この日だけは違った。

寮の舎監から通信が入っていると言われたのだ。

基本的に他星系に知り合いはいないはずだから、訝《いぶか》しみながらも応対してみると、全然見たことのない三十がらみの女性が内線画面に現れて、挨拶《あいさつ》も抜きに切り出してきた。

「今セントラルでお芝居《しばい》をやってるの。よかったら観に来ない？」

唐突《とうとつ》な言葉だが、初めて見る顔でもそれが誰かは一目でわかった。

今までなら考えるまでもなく断っていただろうが、この時のヴァンツァーは一応、日程を尋ねた。

「いつまでの芝居だ？」

「今月の二十二日までよ」

ヴァンツァーは慎重に予定を調べてみた。

あくまで学業優先が鉄則である。セントラルまで出向くとなると日帰りというわけにもいかない。

「観に行けるとしたら二十一日の土曜だな」

そう言うと、ジンジャーはちょっと苦笑した。

何やら思うところがあったらしいが、それを口に出すような彼女ではない。代わりにこう言った。

「あらあら、張り合いがないわね。あなたも楽日《らくび》を見たいとは言ってくれないの？」

「俺は学生だぞ。月曜は学校に行かなければならん。セントラルで日曜の夜の舞台を観た後、翌日の朝にここまで戻るのは時間的に無理がある」

「忙しいのね。いいわ。学生さんの邪魔をするのも申し訳ないし、二十一日に席を用意しましょうか」

通信画面のジンジャーは嬉しそうに微笑んだが、奇妙な注文を出してきた。

「実はね、お願いがあるの。その時は大きなほうのあなたで来てほしいのよ」

『大きなほう』とはずいぶん変わった言い回しだが、意味は明らかだった。

ヴァンツァーは表情一つ変えずに言い返した。

「なぜそんな条件をつける？」

「決まってるじゃない。十代の小さな子よりは若い男の子のほうが連れて歩くのに都合がいいからよ。今のあなたじゃお酒に誘うこともできないわ」

至極もっともな言い分だったが、ヴァンツァーは首を振った。

「それは俺に言われても自由にはならん。あんたの友達次第だ」

「それならあの人がいいと言ったら、昔のあなたで来てくれるかしら」


こうまであっけらかんと言われると不思議と腹も立たないが、少しばかり妙に思ったのは確かだ。

あれは無闇《むやみ》には持ち出せない『禁じ手』である。

そのくらいこの女性にわからないはずがないのに、気に入りの玩具《おもちゃ》を持ってこさせるような気安さだ。

何より、自分の意思はどうなるのだと思ったし、こんな無茶な頼みごとを聞いてやる必要があるとも思えなかったので、率直にそれを口にした。

「あんたの頼みを聞かねばならない理由は何だ？」

「あら、友達のお願いは聞いてくれるものよ」

発言の前にじっくり考える性分のヴァンツァーは、たっぷり十秒間、言葉の意味を真面目に検討した。

「友達？」

「ええ」

「誰が？」

「あなたが」

「誰の？」

「わたしのよ。他に誰がいるの？」

自分はいつこの女性の友達になったのだろうかと、ヴァンツァーは真剣に思い返してみた。

いくら記憶を探ってみても、せいぜい顔見知りというところだと思うが、相手は嫣然《えんぜん》と微笑んでいる。

拒否しようと思えば簡単にできたが、少しばかり好奇心と興味が勝《まさ》っていたのも確かだった。

珍しくも自分の気まぐれにつきあうことにして、ヴァンツァーは頷《うなず》いたのである。

「いいだろう。あんたの友達には俺から話す」

「そうしてくれると嬉しいわ」

通信を切ったヴァンツァーはスヴェン寮に外線をつないだ。

ルウは折良く部屋にいて、珍しい人からの連絡を喜んだようだが、ヴァンツァーが事情を説明すると、なぜか頭を抱えてしまった。

「揃《そろ》いも揃って、何でまた……」

ぼやくことしきりである。それは当然としても、表情を見る限り、無理難題を突きつけられて困っているというわけではなさそうである。

他に何か理由がありそうだが、ヴァンツァーにはそこまでわからなかったし、興味もなかった。

「だめならだめと、あんたの口から友達にそう言え。俺が言っても聞きそうにないからな」

「ううん。もうこの際やけくそだよ。むしろ都合がいいくらいだ。ちょっと手伝ってくれないかな？」

ヴァンツァーは疑いの眼差しでルウを見た。

とにかく常識の通用しない相手である。こんなに軽い調子で言われても本当に『ちょっと』かどうか、信用ならないと直感的に思ったのだ。

「具体的に何をするのか先に言ってもらおうか」

「五分でいいから顔貸して」

今度は簡単すぎる。

大いに怪《あや》しいとヴァンツァーは懸念《けねん》したが、何も言う暇を与えずにルウは話をまとめにかかった。

「二十一日の土曜だね。じゃあ、こっちもその日に合わせよう。名前は適当に決めてもいい？」

「名前？」

「そうだよ。ヴァンツァー・ファロットはあくまで十六歳の少年なんだから『大きなほう』のきみには別の名前がいるでしょう。人物証明書と旅券もその名前でつくっておくから。じゃあね」

ヴァンツァーが呆気にとられている間に、ルウはさっさと通信を切ってしまった。

やがてジンジャーから新たに待ち合わせの場所と時間を示した手紙が届けられ、ヴァンツァーは再びルウと相談して、ジンジャーが指定してきた時間の直前に現地で落ち合って姿を変えることにした。

二十一日の朝、彼らは別々の船で連邦大学惑星を出発し、マーショネスのホテルで合流した。

「はい、これ」

ヴァンツァーは差し出された人物証明書と旅券に記された『自分の出身地と生年月日』を記憶した。

記載されている名前はワルター・ドレーク。ちゃんと写真も貼付《ちょうふ》されている。

「理解に苦しむのは……」

旅券を睨《にら》みつけながらヴァンツァーは唸《うな》った。

「俺はこの姿で写真を撮った覚えは一度もないぞ」

「そこは突っ込まないように」

ではどこを突っ込むのだとぜひ言いたかったが、黒い天使は真顔で注意してきた。

「この旅券はほとんど本物に近い出来だから、まずばれないとは思うけど、絶対にその姿でシティには入らないで。あそこの身元照合は半端じゃないんだ。見破れない偽造はないって豪語してるからね」

「わかった」

「後これ、とりあえずの服。——用意はいい？」

「いつでも」

答えた瞬間だった。

既に何度か経験してることだが、ヴァンツァーは何とも不思議な感覚に襲われる。

特に痛みはない。身体には何の負担も感じない。

ただ少し世界が揺らぐような——目眩《めまい》というより

一瞬のほろ酔いのような軽い高揚と浮遊感を感じて、それが治まった時には視界がまったく変わっている。

身長が一気に高くなるせいだ。そして鏡を見れば、いつもの自分とは懸け離れた顔がある。

旅券に貼られた写真と同じ顔だ。

最後に連絡用の端末を差し出してルウは言った。

「もしもの時はその旅券で向こうに戻って」

「馬鹿を言うな。そんな危険は冒せない。それではワルター・ドレークの入国記録だけが残る」

セントラルと違って連邦大学《ティラ・ボーン》では（生徒以外の）外国人は目立つ存在である。

文化祭の時などは生徒の家族が大挙してくるが、彼らはみんな短期滞在者である。

出国記録の残らない長期滞在者は極めて珍しい。

「確かに、ありがたくはないよね」

ルウも頷いて、

「今日はお芝居見物として明日はどうするの?」

「知らんが、なるべく早く戻るようにする」


「別に急がなくてもいいよ。デートなんでしょ?」

「……………」

二十数年の短い人生でも、ヴァンツァーは今まで『絶句する』という経験はほとんどなかった。

寡黙《かもく》という印象の強いヴァンツァーだが、それは彼が好んで意識的にしているのだ。

ところが、この相手と話しているとしょっちゅう声を奪われる。

「明日中に戻ることを考えると、夕方五時にここで落ち合えば間に合うからね。それまで楽しんできて。うわ！　いけない、もう行かないと。——後でまた連絡するからジンジャーによろしくね」

唖然《あぜん》としているヴァンツァーを尻目に黒い天使は慌《あわ》ただしく部屋を出て行った。

あちらも何やら面倒な事情を抱えているらしいが、取り残されたヴァンツァーは思わず呟《つぶや》いていた。

「何か勘違いしているらしい……」

待ち合わせ場所でヴァンツァーを待っていたのは、見るからに『芸能人の変装です』と言わんばかりの黒いサングラスに帽子姿の怪しい女性だった。

ジンジャーにしてはずいぶんお粗末な変装だが、これは無論わざとやっているのだろう。

マーショネスで彼女の舞台が上演中であることはかなりの評判になっているからだ。

現に道行く人がちらちらと彼女を窺《うかが》っている。

そこに抜群の美貌《びぼう》を誇る二十代のヴァンツァーが颯爽《さっそう》と登場したのだから、眼を引かないわけがない。

一時は通行人の足が完全に止まりかけた。

騒ぎになる寸前にジンジャーは用意の車に乗って、ヴァンツァーと一緒にその場を去ったのである。

車の中でジンジャーはサングラスを少しずらして、ヴァンツァーをじっくり眺《なが》めて微笑した。

「明るいところで見てもいい男ね。お名前は？」

この姿では普段の名前は使えないはずだと瞬時に判断する。頭のいい女だとヴァンツァーは思った。

「ワルター・ドレークだ。二十七歳。惑星アクルス出身。ただし、赤ん坊の頃にアクルスを離れたから、故郷の記憶は何もない」

「今のお仕事は？」

「決めていない。——何がいい？」

「そうねえ……」

ジンジャーは少し考え、その間にヴァンツァーも疑問に思ったことを訊《き》いていた。

「眼の色を変えたのか？」

以前に会った時はもっと青い眼だったはずだが、今日のジンジャーは菫《すみれ》のような紫色の瞳《ひとみ》をしている。

「こっちが地よ。今日は舞台だから」

「というと？」

「顔が大写しになる映画では眼の色は重要な印象の一つなのよ。だから、その時々で変えたりもするの。舞台ではそこまでする必要はない」

ジンジャーは笑って、話を戻した。

「特に働いていないっていうのが一番よさそうね。

あなた、勤め人には見えないし。親の残してくれた莫大《ばくだい》な資産があるから食べるのには困らない。悠々自適の生活ですとでも言っておきましょうか」

「いいだろう。道楽息子だな」

「あら、ただ遊んでいるんじゃだめよ。自分に何が向いているのか捜している最中だって言うのよ」

「金に飽《あ》かせて根無し草か？」

「結構いるのよ。そういう苦労知らずの気取った人たちって。あなたはその中では比較的ましなほうで頭もいい。——学校では経済学を勉強しているって言ってたけど、財界人と一通り話は合わせられると期待してもいいのかしら？」

「裏の事情はさっぱりわからん。情報通になるには現場に直接関わっている必要があるからな。学生が当然の知識として知っている事実だけでいいのなら、いくらかは披露できるだろう」

「まあ、心強いわ。そうなると、その服はちょっといただけないわね」


ルウが用意してくれたのは一般的なスーツである。たいていの場所では問題ない無難な服のはずだが、ジンジャーには不満らしい。

車はそのまま紳士服専門店に直行した。

大通りにショウ・ウィンドウを構えている店とはわけが違う。裏通りの小さな扉をくぐる店だ。

奥から出てきたのは職人気質《かたぎ》を画に描いたような初老の男だった。鋭い眼差しでヴァンツァーを見て、不機嫌そうに呟いた。

「できとるよ」

その男が出してきたのは光沢のあるジャケットとズボン、それに合わせた柄物《がらもの》のベストとボウタイに立《た》ち襟《えり》のシャツ。

着てみると、今の自分の身体にぴったり合うので、ヴァンツァーは感心してジンジャーに尋ねた。

「あんたの見立てか？」

「ええ。あなたの好みを聞いておくべきだったけど、その時間がなかったのよ。申し訳ないけど、今回はわたしの見立てで我慢してちょうだい」

「よく寸法がわかったわね。」

「だいたいの見当だったけど、うまくいったわね。」

――さすがよ、チッチョ」

大女優に誉《ほ》められて有頂天になるかと思いきや、
男は顔をしかめて盛大に噛《か》みついた。

「冗談じゃねえ。次はちゃんと採寸させてもらおう。今回はあんたに譲るが、こんな半ちくなもんを俺の仕事と思われちゃあ迷惑至極なんでな」

だいたいの寸法だけを参考に服を仕立てる羽目になったのがよほど不満らしい。

ジンジャーも笑って「ごめんなさい」と謝った。

「あなたのお気に召さないことはわかっていたけど、なかなかこの人をここまで連れ出せなかったのよ。いい機会だから今のうちに採寸してしまったら？そうしたら、次にお願いする時は、あなたの完璧《かんぺき》な作品をこの人に着せられるわ」

「おうよ。言われるまでもねえや。お客さん、次はもっと期待してくれていいですぜ」

「次があるとは思えないが……」

ヴァンツァーの正直な感想だったが、その職人は不敵に笑って二人を送り出したのである。

靴《くつ》だけは寸法がわからなかったとかで、別の店で見繕《みつくろ》った。注文靴でこそないが最高級品だ。

今の気候では必要ないが、紳士のたしなみとして革の手袋も調えた。

その間にジンジャーも装いを新たにしてきた。

まだ明るいので、淡い色の上品なスーツ姿である。

「じゃ、行きましょうか」

ヴァンツァーは黙ってジンジャーにつきあった。

何か理由があってこの姿の自分を呼び出したのはわかっていたつもりだが、ここまで入念に身なりを調えるからには思っていた以上の理由があるらしい。

少なくとも、単に連れ歩くのに見栄えがいいからという理由ではなさそうだった。

二人を乗せた車は郊外に向かった。

街並みが見る間に遠くなり、豊かな緑が迫る。

ヴァンツァーは知らないことだったが、この辺はまさに財界の大物の邸宅が多いことで知られている。

ただし、どれも桁外《けたはず》れの敷地を誇っているので、道路を走る車の中からは家は一軒も確認できない。

やがて眼の前に忽然《こつぜん》と門が現れた。

車は一時停止することなく開いた門を通り抜け、さらにしばらく走り続け、ようやく厳《いか》めしく聳《そび》える大豪邸がゆっくりと登場した。

視界に入ってきたものは他にもある。

玄関前に黒服の男たちがずらりと並んでいる。

まだ車はその玄関に向かって走っているのにだ。

車が門を通った時点で客が来たことも、その客が誰であるかもわかっていたのだろう。

それ自体は当然の警備態勢《セキュリティ》だが、ヴァンツァーが不思議に思ったのは彼らの雰囲気だ。

ホテルならともかくここは民家なのに、出迎えに女の召使いが一人もいないのが何やら奇異に映る。

さらに召使いというものは目立たないのが信条のはずが、この男たちには一風変わった存在感がある。

車が止まると、代表して一人が進み出て、残りは全員、一糸乱れぬ動きで恭《うやうや》しく頭を下げた。

少しも押しつけがましくない充分に練れた仕草は召使いの鑑《かがみ》のような態度と言えなくもないが、身のこなしも目つきも妙に鋭く隙がない。

たとえて言うならどんなに躾《しつけ》が行き届いていても番犬は番犬であり、羊ではないと言ったところか。

この男たちは明らかに訓練されている。それも、召使いとしてではなく戦闘要員としてだ。

進み出た一人は短い黒髪をきれいに撫《な》でつけた、四十前後の大柄な男だった。

その男はジンジャーに対しては申し分ない微笑を浮かべて、至って丁重な口調で話しかけた。

「ようこそお越しくださいました」

「久しぶりね。レオ。この人はワルター・ドレーク。——彼はレオ。ここの執事頭よ」

「初めまして。ミスタ・ドレーク。レオ・ボッシと申します。以後よろしくお見知りおきください」

その言葉遣いも物腰も同じように丁寧《ていねい》だったが、ヴァンツァーを見る眼はどこか得体が知れなかった。

どの程度の人物なのかと観察するようでもあり、無言で威迫《いはく》するようでもあった。

好意的な態度であるとはお世辞にも言えない。

中途半端に地位を得た人間であれば、俺を誰だと思っていると露骨《ろこつ》な不快感を示したかもしれないが、ヴァンツァーは上流階級の人間らしく悠然《ゆうぜん》と答えた。

「やあ、レオ」

屋敷の中に入ると、ヴァンツァーは素早く周囲に眼を走らせた。専門外の自分の眼にも、監視装置の充実ぶりが見て取れる。

召使いになりすました入念な護衛といい、ただの民家ではないという思いがますます強くなったが、ジンジャーは平然としたものだった。

二人は二階の一室に通された。

使用人と屋敷のつくりは剣呑《けんのん》だが、内装の趣味は意外にも繊細《せんさい》で上品である。感心して眺めていると、十七、八に見える少年が笑顔で入って来た。

「ジンジャー！　お待ちしていました」

「元気そうね、クリス。調子はどう？」

「もう子どもじゃありませんよ。十八になりました。今日はあなたに会えると思うと、昨日から楽しみで眠れなかったんです」

少年は頰《ほお》を紅潮させ、息を弾《はず》ませて、うっとりとジンジャーを見つめている。

誰が見てもわかっただろうが、少年の表情は単に憧《あこが》れの女優に会えたからというものではない。

身の程知らずと言うべきか、怖いもの知らずにも程があると言うべきだろうか、この少年は明らかにジンジャーに恋をしている。

他のものは何も眼に入っていなかったのだろうが、ヴァンツァーに気づいた少年は慌てて尋ねた。

「――こちらは？」

「紹介するわ。ワルター・ドレーク」

少年は笑顔で右手を差し出してきた。

「初めまして。クリスティアーノ・フランコです」

「よろしく」

その手を握ったヴァンツァーは少し意外に思った。

あんな護衛をずらりと列べている物騒な屋敷で、こんな少年に会えるとは思わなかったからだ。

見るからに育ちのいい、優しく素直な性質の主で、顔立ちも物腰も洗練されて礼儀正しく、元気そうな茶色の瞳は純真そのものの光を浮かべている。

荒事にはまったく無縁な、汚《けが》れを知らないという言葉がぴったり当てはまるような少年なのである。

これはおかしい。この屋敷やあの用心棒たちとはまるで質が違う。

畑にはその土壌に似つかわしい作物しか生《な》らないはずだから、ヴァンツァーはこの少年も、この家に招かれた客かと推測したが、少年は嬉しそうな顔でジンジャーにこんなことを言っている。


「父はあいにく急用が入って席を外していますが、夜には戻ると言っていました。千秋楽が終わったらしばらくこの家に滞在してくださるのでしょう？」

「そうしたいところなんだけど、ごめんなさいね。この人と予定があるの」

ジンジャーはにっこり笑ってヴァンツァーの腕に自分の腕を絡ませ、身体を寄せてきた。

自分の肩に金髪の頭がもたれかかるのを感じてもヴァンツァーは微動だにしなかった。

動揺したのは少年のほうだ。

「ジンジャー？」

「あなたには紹介しておこうと思って。この人はね、今のわたしの恋人よ」

友達の次は勝手に恋人にされている。

呆《あき》れたヴァンツァーだったが、黙っていた。

眼の前の少年の傷ついた表情があまりにも哀れで、気を抜くと顔が笑いそうになる。

少年は愕然《がくぜん》としながらも果敢《かかん》に立ち直った。

　ヴァンツァーをまっすぐ見つめる顔には悲壮感や無念さ以上に強い決意がある。

「ミスタ・ドレーク。父に代わってあなたを正式に我が家に招待したいと思います。楽日が終わったらジンジャーはしばらく時間が空きますから、その間、お二人をおもてなしさせてもらえませんか？」

　この少年は健気にも『あなたには負けません』と、宣戦布告するつもりらしい。

　その無謀なまでの勇気につくづく感心しながら、ヴァンツァーはおもむろに口を開いた。

「申し訳ないが、それは俺の決めることではない。彼女はこの家に厄介《やっかい》になりたくないと思っている。俺はその意思に従うだけだ」

　ジンジャーが苦笑しながらため息を吐く。

「困った人ね、ワルター」

「いけなかったか？」

「ミスタ・ドレーク。すみませんが、ジンジャーと少し二人にさせてください」

　少年は固い顔で言い、内線で人を呼んだ。

「レオ。ミスタ・ドレークにお茶をお出しして」

　さっきの大柄な男が入って来たが、まるで気配が違う。鋭い目つきも剣呑な物腰も見事に消している。どうやらこの少年の前では猫を被っているらしい。

「ミスタ・ドレーク。どうぞこちらへ」

　その案内で別室に通され、ヴァンツァーはお茶を振る舞われたが、くつろぐには程遠かった。

　入口を固めるように黒服の男が二人立っている。ヴァンツァーが座った椅子の両脇にも二人の男が厳めしく控えている。

　この状況を居心地良く感じる人間はまずいないが、強面《こわもて》の五人や十人に怯《ひる》むような神経の持ち合わせはヴァンツァーにはない。

　お茶の道具を乗せたワゴンが運ばれ、レオが自ら給仕して茶を淹《い》れてくれた。

　意外にも堂に入った手つきである。

　茶器を列べてその場に控えたレオは、おもむろに切り出してきた。

「立ち入ったお尋ねになりますが、お許しください。ミス・ブレッドとはどのようなご関係ですか？」

「あの女に聞け」

茶碗《ちゃわん》を取ろうともせずにヴァンツァーが言うと、室内の空気が変化した。急激に冷たくなったのだ。

気配の発生源は無言で控える四人の男である。

レオも露骨に顔をしかめてその理由を説明した。

「ミスタ・ドレーク。彼女はミス・ブレッドです。もしくはジンジャーです。少なくともこの屋敷では、ミス・ブレッドを『あの女』呼ばわりすることなど許されません」

「それは失礼した」

察するに、この屋敷の人間は丸ごとジンジャーの贔屓《ファン》らしい。

そこで初めてヴァンツァーは茶碗を取った。

ジンジャーを怒らせたくないと思っているなら、飲物に何か仕込む真似はできないはずだからだ。

同時に思い出したのは生きた毒物探知機でもある金の戦士のことだった。

ああいう便利な能力は自分にはない上、どんなに愛想よく振る舞われてもここは敵地である。

問題は、なぜ自分がこんな危険に晒《さら》されなくてはならないかだが、理由はレオが勝手に話してくれた。

「ミス・ブレッドがどんな方であるかは言うまでもありますまい。五十年の長きに亘《わた》って中央映画界に君臨し、未だに衰えを知らない。すばらしい方です。同じく恋の遍歴も華々しい。九回の結婚の他にも、彼女が愛した男は数え切れません」

そんなに結婚していたとは知らなかった——と、ヴァンツァーは冷静に考えた。

「お相手はさまざまです。同業者はもちろん、監督、製作者《プロデューサー》、歌手、有名なスポーツ選手もいました。しかし、彼女は若い頃からただの一度も恋の相手の地位や名声を頼ったり、利用したことはありません。ある大物映画監督と恋仲だった当時は、その監督の映画に出演することを最後まで拒んだくらいです。

——わたしが生まれる前の話ですが」

となると少なく見積もっても四十年前だ。

「有名人ばかりではありません。ミス・ブレッドのお相手には見どころのある無位無冠の若者も珍しくありません。ただし、残念ながら長続きした相手は一人もおりません。何しろ、ミス・ブレッドは常に世間から注目されている人です。その彼女の恋人に選ばれるということはまったく無名の青年が一夜にして脚光を浴びることでもあり、同時にマスコミの寵児《ちょうじ》となることを意味します」

レオは意味深な眼でヴァンツァーを見つめている。

今の言葉をわかりやすく翻訳すると、『あなたもそれが目当てなのでは？』という意味になる。

「彼女は共和宇宙で有数の資産家でもありますから、大きな事業を興そうとする男が今まで何人も彼女に近付き、彼女の足元に跪《ひざまず》いてきました。その中で本当に気に入った男に限って彼女は救いの手を差し伸べ、陰ながら支援して成功に導いておられます。もっとも、彼女のお気に召す気概《きがい》のある男は滅多にいません」

訳すと『あなたはその幸運な一人ですか？』だ。

大女優というものはずいぶん因果な商売らしいと、ヴァンツァーは他人事《ひとごと》のように考えていた。

近づいてくる男がみんな知名度と財産目当てとは、それではうっかり恋もできない。

レオは急に感心したように言ってきた。

「ミスタ・ドレーク。あなたは非常に美しい方だ。男性にこういう形容は失礼かもしれませんが、男のわたしの眼から見ても実にお美しい。ほれぼれするくらいです。女性であれば誰もがあなたを放ってはおかないでしょう」

これは少々高度な翻訳を要する。

恐らく『あなたのような美男が何も倍以上年上の女性を相手にしなくても』という意味だろう。

「言うまでもなくミス・ブレッドは非常に魅力的な

女性であり、共和宇宙を代表する偉大な女優ですが、それだけに熱心なファンも大勢います。彼女ほどの大女優ともなると共和宇宙すべての恋人と言っても過言ではないのですから。そうなりますと、当然のことながら中には少々度を超したファンも現れます。過去のご主人やお相手の中には、実際に的はずれな嫉妬《しっと》の被害に遭《あ》われた方も少なくありません」

これは訳すまでもない。

ヴァンツァーが黙っているとレオは戦略を変えて、もう少しわかりやすい言葉でだめを押してきた。

「ミスタ・ドレーク。あなたならミス・ブレッドの恋人という地位は必要ないはずです。無礼は承知で申し上げますが、売名行為はおやめになったほうがよいかと存じます。たとえ彼女の存在なくしても、あなたの値打ちはいささかも損なわれはしません」

ヴァンツァーはそっと苦笑を浮かべた。

短い人生のどこを捜しても『売名』という行為は自分とは無縁だった。

有名になりたいなどと思ったことは一度もない。それどころか極力名前を売らないように。決して目立ってはならないように。

どんな時もそれを第一に生きてきたのである。

王妃が掲げる『めざせ一般市民』という標語《スローガン》は、偶然にも当時のヴァンツァーの信条でもあった。

そしてその信条は今も変わらない。

「話はそれだけか？」

「はい」

「では、失礼する。——うまい茶をありがとう」

悠然と立ちあがって廊下に出ると、ジンジャーもちょうど部屋を出てきたところだった。

後ろにはクリスティアーノ少年がいる。

「そろそろお暇《いとま》するわ、クリス。また後でね」

ジンジャーは完璧な笑顔で、すがるような少年の眼差しを振り払ったが、見た目ほど平然としていたわけではないらしい。

困ったような小さな吐息を洩《も》らすのが、隣にいたヴァンツァーには聞こえた。

帰りの車の中でヴァンツァーと二人きりになると、ジンジャーは唐突に口を開いた。

「レオに何か言われた?」

「非常に回りくどく脅迫《きょうはく》されたと思う」

答えたヴァンツァーは逆に質問した。

「あの屋敷の人間は、あんたに恋人ができるたびに、ああやって脅《おど》しているのか?」

「いいえ。そんなことは今まで一度もなかった」

「今回から始めた理由は何だ?」

「クリスがわたしに求婚したからよ」

ヴァンツァーが沈黙したのは今の心境を表すのにふさわしい言葉を探すためである。

身の程知らずも怖いもの知らずもわかっていたが、どうやらあの少年に対する認識が甘かったようだ。

思いの外『大物』だったらしい。

「一時的な気の迷いではないんだな?」

「そうであってくれたらどんなにいいかと思うけど、あの子がわたしに恋しているのは昔からよ。十八になったら求婚するつもりだったんですって」

「あんたは知ってたんだな?」

「ええ。恋人に会わせればあの子も考えなおすかと思ったんだけど、逆効果だったみたいね」

少年はジンジャーがあの家に滞在するのを待って求婚する予定だったようだが、ヴァンツァーという好敵手《ライバル》の存在を知って、呑気《のんき》に構えている場合ではないと決意を新たにしたらしい。

「俺を引っ張り出したのは、あの少年への対抗馬にするためか?」

「実はそうなの」

「……解せないな」

本当に不思議そうに呟いたヴァンツァーだった。

「あんな子どもは簡単にあしらえるはずだぞ。なぜわざわざ対抗馬を用意する必要がある?」

「早く忘れてもらうためよ」

ジンジャーは苦い顔でため息を吐いた。

「クリスはいい子よ。小さい頃から知っているから
あの子が本気なのもいやというほどわかっている。
それはもう見れば一目でわかるわ」
その言い方が引っかかった。
ジンジャーが少年の性質のよさを愛しているのは
間違いないように見えたので、わざと言ってみた。
「あんたから見ればまだまだ頼りない子どもでも、
少年はいずれ男になるぞ」
大女優は呆れた眼をヴァンツァーに向けてきた。
「誰に言っているつもりなのかしらね、この坊やは。
俳優のデズモンド・コールを知らないの？　初めて
共演した時、彼は十一歳。わたしの息子役だった。
次に共演した時は二十三歳。その時は恋人役だった。
三度目の共演は彼が三十六歳の時よ。今度は夫役。
——あっという間だったわ」
「では何が問題だ？　あんたもあの少年も独身なら、
頭からだめと決めつけることでもないだろう」
「クリスもまさにそう言ったわ。どうして自分では
だめなのかって——はっきり言ってくださいって。
そんな質問をするところがもう違うのにね」
「言ってやったのか？」
「ええ。言ったわ。わたしはあなたを愛していない。
年齢も経歴《キャリア》も容姿も問題じゃない。わたしを本気で
愛してくれているのはわかっている。あなたがいい
子なのもわかっている。それでもわたしはあなたを
愛していないって。それでは結婚はできないわ」
「——で？　彼は諦《あきら》めたのか」
ジンジャーはますます呆れたような顔になった。
「それが仮にも男の言うこと？　そう簡単に諦めて
くれるなら苦労はしないわよ」
「求婚を断られたら普通はそこで終わりだろう」
「わたしが気を変えるまで何度でも求婚するそうよ。
あの子ならやりかねないわね。レオたちも全面的に
あの子の味方をするはずよ。——何しろ、あの子は
あの家の天使だから。わたしとあなたを別れさせる
ためなら手段は選ばないでしょうね」

「そっちの脅しは何とでもなるが……」

本気で言ったヴァンツァーだった。

「あの少年が諦めるまであんたにつきあえと？」

「まさか。学生さんにそんな無茶は言わないわよ。あの子に今のあなたの姿を見せておきたかっただけ。何しろ滅多にお目に掛かれない、いい男ですからね。男なら誰だって競争心を刺激されるわ」

ヴァンツァーは黙っていた。

実感はないが、自分の容姿は人並み以上に優れているのだろうという自覚ならある。

昔から賞賛されっぱなしだからだ。

しかし、それで得をした覚えは一度もない。

せいぜい女を誑《たぶら》かす芝居で役に立ったくらいだが、ジンジャーは逆にその美貌を利用するという。

ヴァンツァーはしばらく考え、珍しく長い台詞《せりふ》をしゃべった。

「どんなに見た目がよくても、俺にはこの世界での実績は何もない。諦めさせる方向に持っていくなら、もっと知名度のある男を用意するべきだったんじゃないのか。あんたの頼みなら恋人の芝居につきあう男などいくらでもいるだろう」

まったく見ず知らずの男を連れてこられるより、芸能でも運動でも財界でも、多少は名前を知られた男のほうがあの少年も諦めやすかったのではないか。

そう指摘したわけだが、ジンジャーは首を振った。

「いいえ。あなたを選んだ理由はそれよ。あなたは間違いなくそこにいながら実在しない人でもある。多少のことでは動じない上に、腕も立つ。わたしが欲しかったのはそういう人なの」

「その条件に該当する人間なら他にもいるだろう」

「ケリーのこと？　だめよ。彼はジェムの夫だもの。——今日は特に借りるわけにはいかないのよ」

意味深な口調だった。

街に入ったところで、ヴァンツァーは用意の車に乗り換えてくれと言われた。

劇場周辺は記者たちが張っている可能性がある。

二人で連れだって劇場に入るところを見られたら、明日の一面を飾る羽目になるのは避けられない。

それは本意ではなかったので、言われたとおりに車を乗り換え、ヴァンツァーは一人で劇場に入った。

案内されたのは舞台袖《そで》のボックス席だった。

さすがに一階の席とはだいぶ様子が違う。専用の小部屋がついていて、長椅子と机まで並んでいる。

これは正直ありがたかった。さっそく宿題に取りかかった。彼はこんな時までぬかりなく、勉強用の小型端末を持参していたのである。

開幕直前になったので端末を片づけ、あらためてボックス席の前列に座ったが、妙な気配に気づいて無意識に下の客席を見た。

途端、息が止まりそうになった。

呆気にとられて見返したが、幻ではない。

照明の落ちた場内でも人の眼を釘付けにするあの存在感は他の誰かであろうはずがない。

しかも何の心づもりか入念に着飾っている。

白い項《うなじ》と、輝くばかりの金髪。形よくふくらんだ胸元まで眼に入って、ヴァンツァーは身震いした。

相変わらず眼が眩《くら》むほど美しい。

同時に身の毛がよだつほど恐ろしい。

黒い天使が何やら慌てていたのはこれが原因かと納得したヴァンツァーは大きく深呼吸すると、下の光景をきれいさっぱり頭から切り捨てることにした。

あちらはあちらで何かやっている最中のようだし、今の自分とは関わりのないことである。

せっかく特別席を一人で占領しているのだ。腹をくくって芝居を楽しむことにしたが、正面を見ると、ボックス席にクリスティアーノ少年の姿があった。

これにはさすがに苦笑が漏《も》れた。

ジンジャーは思いの外、徹底する性分らしい。

少年は正面の席にいるヴァンツァーには気づいていない様子だった。顔を上げれば丸見えのはずだが、それどころではないらしい。

既に夢中の顔で、恋しい人が現れるはずの舞台に熱心に視線を注いでいる。

少年は一人ではなかった。後ろの席に二人の男が座っている。あの屋敷では見なかった顔だ。

二人とも屈強そうな男で、一応は正装しているが、身体ががっちりしすぎて似合っていない。

舞台にも興味がないようで、腰を下ろしていても油断のない顔つきだった。

どこから見ても正しく護衛役《ボディ・ガード》である。

ヴァンツァーも舞台に集中することにした。

音楽が流れ出し、幕が上がる。まず感心したのは舞台装置の仕掛けの巧妙さと華やかさだ。

ヴァンツァーが向こうで知っていた芝居はもっと素朴なもので、背景すらないものも多かった。

比べると、こちらの芝居は手の込んだ大仕掛けで、観客の眼を惹《ひ》きつける。役者陣の化粧も衣裳《いしょう》も、よくできていて眼に楽しい。

もちろん肝心《かんじん》の演技もだ。

中でもジンジャーはさすがの貫禄《かんろく》だった。

顔や姿の美しさもさることながら、彼女がそこに立っているだけで自然と人の視線が集まってしまう。映画とは一味違う彼女の演技を、ヴァンツァーは興味深く見守った。

思い返せば以前の人生もほとんどが芝居だったが、娯楽としての『演劇』とは種類が異なる。

自分の芝居はその場の雰囲気と人に溶け込むこと、どこにでもいる人間になりきって怪しまれないこと、その点だけに徹底した芝居だったが、興行としての演劇にはまったく逆の要素が求められる。

舞台に登場した瞬間に、その姿で、その第一声で、何百何千の観客の心を摑《つか》まなくてはならないのだ。

実在しない架空の世界を現実と感じさせるために、人の心を鷲摑《わしづか》みにする技術が求められるのである。

物語自体はよくある恋物語だったが、おもしろく第一幕を見終わった。

休憩時間にはまたまた予想外の顔に出くわしたが、

ヴァンツァーはここでも無視を決め込むことにした。

第二幕になっても役者陣の演技と緊張感は衰えず、幕が下りても拍手はなかなか鳴りやまなかった。

ヴァンツァーは閉幕後もしばらく時間を潰した後、来た時同様、一人で劇場を出た。

指定された時間になったので、指定された場所を歩いていると、後ろから近づいてきた車の窓が開き、ジンジャーが声を掛けてきた。

「乗ってちょうだい。お食事をご馳走《ちそう》するわ」

黒のイヴニングを着て髪型も化粧も直している。

車に乗り込みながらヴァンツァーは真顔で言った。

「大女優がこんなに几帳面《きちょうめん》とは意外だった」

「何ですって?」

「時間に正確だ」

ジンジャーは笑って言い返した。

「あなたが言うのは授賞式に何十分も遅れてきたり、脚本が気に入らないと言って撮影をすっぽかしたり、そういう大女優のことかしら?」

「世間ではそれが大女優ということになっているが、違うのか?」

「そうね。わたしもわがままを言うことはあるから、一概に否定はできないわ」

車はやがて瀟洒《しょうしゃ》なレストランに着いた。

ヴァンツァーは男の義務としてジンジャーに手を貸してやり、連れだって小さな庭を横切り、入口の扉に手を掛けようとしたが、そこで動きが止まった。

ジンジャーが不思議そうな表情でヴァンツァーを見上げてくる。

ヴァンツァーは顔をしかめながら言った。

「ここに入るのか?」

「ええ、そうよ。——前に来たことがあるの?」

よくない思い出でもあるのかと尋ねたわけだが、ヴァンツァーは首を振って、訝しげに問い返した。

「あんたの友達と示し合わせてのことか?」

「——わからないわ。何を言ってるの?」

「この中には王妃が——ヴィッキーがいるはずだ」

ジンジャーは驚いた顔になった。これが芝居ならたいしたものだが、実際彼女はそのくらいたやすくやってのける演技力の持ち主でもあるが、この時は本当に知らなかったらしい。

「ヴィッキーがいるってどうしてわかるの？」

「わかる。できれば近寄りたくない気配がする」

「わたしが予約したのは個室だから、他のお客とは一緒にならないはずよ。ちょっと挨拶して来るから、あなたは先に部屋に入っていてちょうだい」

言われたとおり、ヴァンツァーは先に個室に入り、珍しい料理が並んでいる献立表《メニュー》をじっくり眺めた。

ジンジャーもすぐにやってきた。珍しく興奮した様子で席に着き、身を乗り出して囁《ささや》いた。

「驚いたわ。近くで見るとルウとはまた別の意味ですごい美人ね。——あれもルウの魔法なの？」

「そうだ」

ジンジャーは今のリィの姿によほど感銘を受けたようで、しみじみと首を振っている。

「まだ若いのにたいした芝居度胸よ。おまけにあの美貌。わたしの眼から見ても文句のつけようがない。その気があれば不世出の女優になれるでしょうに。もったいない話だわ」

それは恐ろしい話というのだと、ヴァンツァーは沈黙の陰で冷静に訂正した。

「あんな美人に近づきたくないなんて、どうして？本当は男の子だから？」

「それ以前の問題だな」

近づきたくないのではなく、近づくと拒否反応が起きるのである。

「あんたにはあれは女優に見えるのかもしれないが、俺には別のものに見える。今は美しい女の姿でも、あれは獣《けもの》だ。それも獲物を前にした猛獣だぞ。傍《そば》に寄りたくないと思うのは当然の心理だろう」

「猛獣だとしても、あのきれいな人は誰彼かまわず嚙みついたりはしないでしょう？」

「それが信じられればいいんだが、俺はあんたほど強くないからな」

真面目に言い返して、あらためて献立表を見る。

高級料理店だけあって、学食では見たことのない料理名や材料名がずらりと並んでいる。

「このコーラルシーホースというのは何だ？」

「クラスパの珊瑚海老《さんごえび》のことよ。美味《おい》しいのよ」

「こっちは肉か？　キルバニーの舌のロティール」

「ああ。グェンダルのブノワ産の赤牛ね。一頭ずつ名前をつけて育てるから、味と品質は保証つきよ。どんな部位でもおいしいお肉だけど、舌は特に最高級品なの。——これはぜひ食べておきたいわね」

さすがは贅沢《ぜいたく》を味わい尽くした大女優で、打てば響くように答えが返ってくる。

献立表には値段が書かれていなかったが、学生の身分では口にできないお値段だろうと想像はつく。

滅多にない機会でもあるので、ここは勉強させてもらうことにした。片っ端から材料や料理法を尋ね、慎重に選んで注文する。

運ばれてきた料理はどれもすばらしかった。

歯ごたえのある肉が当たり前のヴァンツァーには、口に入れた途端にとろけるような肉は珍味だった。

一通りの料理が終わり、デザートを待っていると、ルウからの呼び出しがあった。

ヴァンツァーの端末ではなくジンジャーのほうに掛けてきたのである。

「代わってくれですって」

ジンジャーから端末を受け取ったヴァンツァーに、開口一番ルウは言った。

「五分たったらそこを出て」

「何をさせるつもりか先に言えと言ったはずだぞ」

「店の裏口から入口に回ってほしいんだ。あの子と男の子が庭にいるはずだから。そうしたら男の子は完全無視して、本命の彼氏登場！　みたいな感じで、『これは俺の女だ』くらいの態度で、馴れ馴れしくあの子に話しかけてよ。後はあの子がやるから」

またも絶句したヴァンツァーだった。

俺の女……。

冗談抜きに気が遠くなったが、すかさず気を取り直し、手にした端末に向かって唸るように言った。

「断る。あんたが自分でやればいい」

「もちろんやるよ。本当の本命はぼくなんだから。一人じゃちょっと寂《さび》しいから応援を頼んでるんじゃない。こっちの用は五分ですむから、その後はまた食事に戻ればいいと思う。くれぐれもタイミングは間違えないで。じゃあ待ってるからね」

言うだけ言って通話が切れる。

茫然《ぼうぜん》としながら端末を眺めるヴァンツァーを見て、ジンジャーが気の毒そうな顔つきで言った。

「わたしの個人的な見解だけど、あの人のお願いは聞いておいたほうがいいと思うわよ」

「……遺憾《いかん》ながらそのようだ」

覚悟を決めてヴァンツァーは席を立ったが、案の定、声を掛けるだけではすまなかった。

それどころか、もっとも近づきたくない人と接触する羽目になり、ヴァンツァーはリムジンの車内でここぞとばかりに文句を言ったのである。

「そのふざけた扮装《ふんそう》はいったい何の真似だ？」

「一口に言えれば苦労はしない」

イヴニングドレスの美女も盛大に顔をしかめたが、肩の荷を降ろしたのも確からしい。苦笑しながら、やはり珍しく正装したケリーに話しかけた。

「これだけいい男が三人も並んでるんだ。それこそ目の保養ってもんだが、そっちは何してるんだ？」

「女房と観劇だったんだが、その女房がちょっとな、面倒に巻きこまれたらしい」

「ふうん？」

「ま、あの女は殺したところで死なねえだろうが」

ケリーも笑って、ヴァンツァーに眼を向けてきた。

「おまえ、ジンジャーとデート中なんだって？」

「食事中だ」

律儀《りちぎ》に訂正するヴァンツァーの意見は無視して、ケリーはさらに言った。

「あの劇場で、おまえの席の正面に正装した少年がいただろう。ジンジャーの知り合いだと思うんだが、紹介されたりしなかったか？」

「クリスティアーノ・フランコだ。昼に会った」

「ご大層な用心棒を連れてたが、何者だ？」

「知らん」

車は町角をぐるりと回って店の裏手に戻った。

ヴァンツァーはそこでリムジンから降りたので、ケリーが何を気にしていたかはわからない。

きっかり五分で席に戻ると、ちょうどデザートが運ばれてくるところだった。

ジンジャーが微笑して言う。

「これでルウに対する義理は果たせたのかしら？」

「そう願いたい」

普段はそれほど甘味を好まないヴァンツァーだが、精神的に疲労困憊《こんぱい》したせいもあり、今は甘いものがありがたかった。チョコレートをいくつか口にして、香り高い珈琲《コーヒー》を飲み下す。

カカオの豊潤な味わいと甘味は濃く淹れた珈琲に絶妙に合っていて、それでようやく人心地が着いた。

「さっきの劇場であの少年を見た。本格的な護衛を連れていたが、彼は何者だ？」

「彼がというより彼の父親がというべきでしょうね。ミゲル・フランコはマーショネスの陰の実力者よ」

「陰の？」

「ええ。正確に言えばその一人。酒場や賭博場《とばくじょう》を仕切っている顔役は場所によって何人もいるから。ミゲルはその中でも大物ね。興行関係にも影響力を持っていて、アレクシス劇場の支援者でもある」

「あんたも彼を憚《はばか》る立場なのか？」

「そう見える？」

微笑したジンジャーの表情は自信に満ちていた。

「ミゲルはわたしの古い友達よ。言ったでしょう。小さい頃からクリスを知っているって」

料理店を出たジンジャーは、高層建築が建ち並ぶビジネス街に向かって車を走らせた。

歓楽街と違い、夜も更けた今は人通りもまばらで、何やら寒々しい雰囲気である。

車はやがて一際高いビルの前で止まった。

ヴァンツァーはジンジャーと一緒に中に入ったが、ここも人の気配はなく、がらんとしている。

一階は広いロビーになっていて、いくつか店舗が入っているが、今はそれも全部閉まっている。

店舗の反対側に昇降機《リフト》の並んだ一角があった。

七基ある昇降機のうち一つに赤い絨毯《じゅうたん》が敷かれ、その両脇には黒服の厳めしい男たちが控えていた。

見た目は商業ビルには場違いな給仕係に見える。

しかし、その顔つきや鍛《きた》えられた様子からすると、実際はこの場を警護する守衛らしい。

男たちは二人を見て（主にジンジャーだろうが）恭しく一礼して昇降機の扉を開けた。

その昇降機は最上階までの直通だった。

高層建築の最上階は料理店に使われていることが多い。それくらいはヴァンツァーも知っていたが、昇降機を降りてすぐ眼の前に開けていたのは、実に魅惑的な光景だった。

適度な調度品と仕切りに飾られた広いホールには暗がりを損なわない程度の照明がほのかに灯《とも》され、華やかに着飾った男女が大勢談笑している。

その合間を縫《ぬ》うように、こちらは本職の給仕係が熟練した動きで飲物を運んでいる。

しっとりした音楽が流れている。それは燕尾服《えんびふく》を着た生身の人たちの手で演奏されているものだった。

何人かがジンジャーに気づき、飲みかけの酒杯を掲げて笑いかけてきた。知り合いではなさそうだが、それにしてはずいぶんあっさりした反応である。

要するに大女優の突然の登場にも騒いだりしない階級の人間たちなのだろう。

「ここは？」

「会員制のちょっとした社交場と言ったところね。マーションネスにはこんなクラブがいくつもあるけど、その中では比較的大人しいほうよ」

「そうなのか？」

「若い人たちはね、もっと騒がしい音楽が流れる、もっとぎゅうぎゅうづめのクラブが好きなのよ」

確かにそれは好ましくない。

ヴァンツァーの趣味からも程遠い。

ここに集まっている人の年齢はさまざまだった。

初老の男性が白髪の夫人を連れているかと思えば、大学生のような青年と若い女性のカップルもいる。

ただし、その若者たちもただの大学生ではない。

見るからに高価な身なりだし、それなりに物腰も洗練されている。いわゆる良家の子女らしい。

階下の守衛といい、ここは紹介がないと入れない場所なのだろう。

会場の隅に眼をやると、あちこちに紗《うすぎぬ》の垂れ幕で半ば遮《さえぎ》られた一角がある。

たいていその場所には一組の男女が密着して座り、密やかに囁き合ったり戯《たわむ》れ合ったりしている。

放っておいたらそのまま事《こと》になだれ込みそうで、ヴァンツァーは顔をしかめた。

ジンジャーがそんな彼の腕を軽く叩いて言う。

「見ないふり。心配しないで。そこまで退廃的じゃないから。そんなお行儀《ぎょうぎ》の悪い人はいないのよ」

「そう願いたいな」

別に清廉潔白《けっぱく》を気取るつもりはないが、人が絡むところを見せつけられてもおもしろくも何ともない。

音楽が変わった。

人垣が割れて、中央に踊る男女の群れができる。

ジンジャーはヴァンツァーを見上げて笑った。

「踊りには誘ってくれないの？」

ヴァンツァーは苦笑を返した。

「俺はこちらの舞踊にも音楽にも詳しくない」

「別に難しくないわ。音楽に合わせて適当に身体を揺らしていればいいのよ」

ここまで言われては引き下がるわけにもいかずにジンジャーの手を取って進み出た。

音楽はゆったりしたもので、確かに難しい技巧は必要なかった。抱き寄せたジンジャーの腰の細さを少し意外に思い、いつもより自分の身体がずいぶん大きくなっているせいだと納得する。

ジンジャーが耳元でからかうように囁いた。

「上手《じょうず》じゃない」

「見よう見まねだ」

余韻《よいん》を残して曲が終わった。

足を止めたジンジャーの周囲に自然と人が集まり、礼儀正しく、しかし口々に話しかけてくる。

「ジンジャー。そちらはどなたです？」

「紹介してくれませんか？」

ジンジャーは余裕の笑顔で彼らをあしらったが、その中に知り合いがいたらしい。

「やあ、ジンジャー。それが今の彼氏かい？」

「デジー、久しぶりね。――紹介するわ、ワルター。この人がデズモンド・コール」

ジンジャーと過去に三回共演したという俳優は、どう贔屓目《ひいきめ》に見てもジンジャーより年上に見えた。

四十前後だろうか。さすがの男ぶりである。

ヴァンツァーは礼儀正しく挨拶した。

「初めまして。ワルター・ドレークです。あいにく不勉強であなたの演技は存じ上げないのですが、今、ジンジャーの主演作を最初から見ているところです。近いうちにあなたの演技も拝見できるでしょう」

「それは懐かしいというより恥ずかしいね。最初の共演はもう三十年も前だ。――今見返すと、あれが自分だとは思えないくらいだよ」

屈託《くったく》のない笑顔を見せるデズモンドは悪戯《いたずら》っぽくヴァンツァーに話しかけてきた。

「ぼくはね、実生活で恋人だったこともあるんだよ。あの時はマスコミが大騒ぎだった」

ジンジャーも楽しげに笑っている。

「そうね。『母親が息子を誘惑した！』なんて醜聞《ゴシップ》記事に書かれたわ。――マリアンは来てないの？」

「それなんだよ。聞いてくれるかい？　ジンジャー。――彼女、妊娠三ヶ月なんだ」

「まあ！　おめでとう、デジー。あなたもとうとう年貢の納め時ね。後でマリアンには花を贈るわ」

「ありがとう。その時は木の花にしてくれるかな？　彼女が好きなんだよ」

「任せて。結婚式には呼んでちょうだい」

　昔の恋人となごやかに話していたジンジャーが、なぜか苦笑を浮かべた。ヴァンツァーがその視線を追ってみると、クリスティアーノ少年が立っていた。二人の護衛もちゃんと後ろに控えている。

「あらあら、どうしたの、クリス。あなたはここに来るには早すぎない？」

「言ったでしょう、ジンジャー。ぼくはもう十八になりました。社交界にデビューできる年です」

　デズモンドもクリスティアーノ少年を知っていて、笑って話しかけている。

「フランコのところのクリスか。大きくなったなあ。ぼくを覚えているかい？」

「もちろんです。ミスタ・コール」

　クリスティアーノはそれからヴァンツァーを見て、はっきりと言った。

「少しジンジャーをお借りしてもいいですか？」

「俺に訊くことではないと言ったはずだぞ」

「わかっていますが、これはけじめです」

　固い口調にデズモンドが笑いを嚙み殺している。

　ジンジャーが苦笑しながらヴァンツァーに断って、クリスティアーノと会場の隅の席に腰を下ろした。

　デズモンドがそっとヴァンツァーに囁いてくる。

「あの子は昔からジンジャーにぞっこんだったが、今も諦めていないらしいな」

「恐らく、あなたのことがあるからでしょう」

　なめらかな口調でヴァンツァーは答えた。

　いつもは口を開く前に間を置くことが多くても、彼はその気になりさえすれば際立って巧みな話術を駆使できる。受け答えには少しの淀《よど》みもなく、気の利いた冗談も言えるし、聞き手を惹きつける要領も心得ている。

今もデズモンドの顔を見ながら苦笑を浮かべた。

「初めて会った時はまだ幼い子どもだった。だから未だに彼女は子ども扱いしかしてくれない。けれど、あなたという前例がある。同じ立場だったあなたが親子ほど年の違う彼女の恋人に昇格したのだから、自分にも機会《チャンス》はあるはずだと、いずれは彼女の愛を勝ち得られると本気で思っている」

デズモンドも悪戯な少年のように笑い返した。

「ぼくとクリスでは状況がまったく違うよ。ぼくが彼女を女性として意識したのは二度目の共演の後だ。ところがあの坊やは八歳の時から彼女一筋ときてる。一途と言えば一途だけどね。ジンジャーにとってもさすがに重いんじゃないかな」

「そんなに小さい頃から彼をご存じで？」

「そりゃあね、マーショネスで舞台に立つ役者ならフランコを知らないわけがない。フランコは息子に甘いから。あの頃、フランコの家に呼ばれた人間はみんなクリスを知ってるよ」

デズモンドはヴァンツァーを興味深げに見つめた。

「ジンジャーの最近のお相手はみんな知ってるけど、きみは見たことがないね。どこの人なんだい？」

「親の遺産で食べているただの風来坊ですよ」

昇降機の扉が開き、女性が二人入って来た。

一人は長い金髪に赤いドレス。もう一人は黒髪を結い上げて緑のドレスを着ている。

二人とも若く、際立って美しく、魅力的な肢体を見せつけるようにドレスも大胆な意匠《デザイン》だ。

着飾った女性たちの中でも目立っていて、会場のあちこちから親しげに声を掛けられている。

聞くともなしに耳に入ってきた話から判断すると、売り出し中の職業モデルか何からしい。

ヴァンツァーは特に興味もなかったので、二人を一瞥《いちべつ》しただけですぐに眼を外したが、驚いたことに二人のほうが近づいてきた。

手にした酒杯をヴァンツァーに差し出しながら、嫣然と微笑みかけてきたのである。

「久しぶりね、ワルター」

「再会を祝って乾杯しましょうよ」

デズモンドがにやにやしながら、ヴァンツァーの肩を叩いた。

「彼女たちと知り合いとはお安くないね」

デズモンドが気を利かせたつもりで離れて行くと、ヴァンツァーは表情一つ変えずに二人に言い返した。

「人違いだろう。俺はあんたたちを知らん」

二人とも完璧に化粧した顔に非難の表情を浮かべ、自信満々の媚態《びたい》ですり寄ってきた。

「まあ、ひどい人ね」

「あたしたちを忘れちゃうなんて」

「行きましょうよ。思い出させてあげるわ」

「うんと楽しませてあげるから期待してちょうだい。その前にまず乾杯ね」

こんな美女二人に迫られて、いやな顔をする男は一人もいないだろうが、ヴァンツァーは違った。唇《くちびる》に冷笑を浮かべた。

元が完璧なまでに整った美貌を誇るだけに、彼がそうやって笑うと思わずたじろぐほどの冷たさだ。

「小綺麗《こぎれい》な見てくれを売りものにする女と聞いたが、娼婦の間違いらしいな」

さすがに二人とも、さっと顔色が変わった。

容姿に自信があるだけに、こんな侮蔑《ぶべつ》的な言葉を男に投げつけられたことなどなかったのだろう。

唇を震わせて、手の酒杯を投げつけようとしたが、ヴァンツァーのほうが速かった。

黒髪の女が持っていたそれを取り上げて、悠然とその場を離れた。

クリスティアーノはデズモンドが言ったとおりの信念でジンジャーを口説《くど》いていた。

「今すぐあなたに認めてもらおうとは思いません。あなたに一人前の男であると認めてもらうためなら何でもしますし、いつまでも待ちます」

きっぱりと言った少年に、ジンジャーはますます困ったように微笑した。

「可愛いわね、クリス。あなたは本当にいい子だわ。でもね、お家《うち》でも言ったはずよ。――残念だけど、あなたとは結婚できないわ」

「ぼくがまだ未成年だからですか？」

「それも理由の一つかしら。あなたはまだ若いから、そのうち本当に好きな女の子を見つけるはずよ」

「そんなことは決してありません。ぼくにとってはあなたが――あなただけがただ一人の人なんです」

「そう言ってお似合いの女の子を選んだ男の子を、わたしは何十人も知っているわ」

「……ぼくもその一人だと思うんですか？　だから、ぼくの申し込みにうんと言ってはくださらない？」

傷ついた表情のクリスティアーノ少年は飼い主に捨てられそうになっている小犬そのものである。

大きな潤《うる》んだ眼ですがるように見つめられては、どんな頑丈な神経の持ち主でもほだされそうになる。

「それは違う。あなたを疑っているわけじゃないわ。ただ、誤解しないで聞いてくれるかしら。信じてもいないのよ。あなたをじゃない。――わたしが唯一信じているものはね、時の流れよ。それだけは誰の上にも平等に訪れるものだから」

自分の四倍近い時間を生きている大女優の言葉は、まだ十八歳の少年には理解しにくいものだった。

「ジンジャー……？」

「あなたはいずれ一人前の青年になる。その頃にはわたしはおばあさんですもの。そうしたらあなたはわたしのことなんか好きじゃなくなるわ」

「そんなことはありません！」

少年は本当に血相を変えて抗議した。

「あなたは奇跡のように美しい人です。今までも、そしてもちろんこれからもです」

「当然よ。そうあるべく努力してきたもの。ただ、これからはそうはいかなくなるの。わたしも普通に歳を取ることになるでしょうね」

「どうしてですか？」

「もう眠らないことにしたからよ」

ジンジャーが人工冷凍睡眠装置を使っているのは業界ではかなり有名な事実である。

言うまでもなく老いを遠ざけるため、女優として活躍できる期間を少しでも長くするためだ——と、世間は思っている。

そんな世間の一部には、ジンジャーは金にものを言わせて若さと美しさを買っているのだと非難する輩《やから》もいるが、的を射ているとは言いがたい。

眠った時間を差し引いても、ジンジャーはとうに五十歳を超えているはずであり、そして今の彼女は真昼の太陽の下でどんなに眼を凝らしたとしても、三十歳以上には見えないからだ。

二十年の歳月を縮めるためにジンジャーがどんな美容法を駆使しているかは誰も知らない。

何度も人工冷凍睡眠を繰り返す本当の理由も誰も知らないことだが、少年はとことん前向きだった。

顔を輝かせて言った。

「ぼくは嬉しいです。それならこれからはいつでもあなたに会えますね」

「クリス。それはあなたの都合でしょう。それより女優業が第一のはずだったわたしが、どうしてもうあの装置を使わないと決心したのか、どんな心境の変化があったのか、あなたはまずそれを訊かなきゃいけないはずよ」

「はい。ごもっともです。あらためてお尋ねします。——あなたにその決心をさせたものは何ですか？」

どこまでも素直な少年にジンジャーは微笑して、赤と緑のドレスの二人と一緒にいるヴァンツァーに眼をやった。

「一番大切な人が戻ってきてくれたからよ」

その言葉自体は掛け値なしの真実だった。

しかし、実際にはヴァンツァーを見つめる視線の先にまったく違う人の姿を見ている。

もっと大きな、もっとたくましい、もっと昔からよく知っている人の姿をだ。

が、それを悟らせるようなジンジャーではない。

「もったいなくて寝ていられないわ。許される限り、近くであの人を見ていたいのよ」

「愛してらっしゃるんですね……」

また傷ついた顔になってうつむいてしまう少年に、ジンジャーは優しく話しかけた。

「あなたの上にも時間は流れる。だから、お願いよ。わたしを待ったりしないでちょうだい」

「無理です」

即行で答えが返ってくる。

少年にも思うところがないわけではないようで、複雑な表情だった。

「どうしてあなたでなくてはだめなのか、自分でも何度も考えてみました。今もって答えは出せません。——わかるのは初めて会った時からあなたの存在がぼくの心に強く焼きついているということだけです。この気持ちに嘘偽《うそいつわ》りはないと誓《ちか》って言えます」

「困ったわねえ……あなたはこんなにいい子なのに、わたしには『ごめんなさい』としか言えないわ」

ジンジャーがクリスティアーノを見る眼は完全に、子どもを見守る母親のようなそれだった。

デズモンドの時とは事情が違う。

どんなに時間が経っても自分がこの少年を愛することは決してないとジンジャーにはわかっている。

同じことがクリスティアーノにはわからない。

並んで座っているのに限りなく遠い二人の間に、気配も感じさせずにヴァンツァーが割り込んだ。

「邪魔するぞ」

驚くクリスティアーノの前に、黒髪の女から取り上げた酒杯を置いて、ヴァンツァーは言った。

「手際の良さには感心するが、もう少し趣味のいい女を用意するんだな」

「何のことですか？」

「それを飲んでみればわかると言いたいところだが、おまえの年ではやめておいたほうがいいだろうな。中に入っているのは恐らく強力な性衝動誘発剤だ。

間違いなくその女に襲いかかる羽目になるぞ」

　クリスティアーノは呆気にとられた顔になった。

「ミスタ・ドレーク？」

「あの女たちはその名前を知っていた。久しぶりと言っていたが、笑わせてくれる。あの二人は誰かに指示されて、俺を誘惑するためにわざわざ来たんだ。俺がこの場所にいることをどうやって嗅《か》ぎつけたか、それは知らないがな」

　やっと状況を理解した少年の顔に怒りが広がり、頬を紅潮させて言い返した。

「――ぼくがやらせたとおっしゃりたいのでしたら、邪推が過ぎます。あなたが覚えていないとしても、本当は昔のお知り合いではないいんですか？」

「ありえないな。ワルター・ドレークという名前は今日初めて使ったものだ。昨日まで存在しなかったワルターとどうやって以前に知り合える？」

「えっ？」

　偽名と聞いて少年は驚いた顔になった。

「その名前を知っているのは、この女と、おまえと、おまえの屋敷の人間たちだけだ。おまえでないなら、恐らくあの執事頭あたりの差し金だろう」

　ジンジャーが小さく吹き出した。

「ずいぶん幼稚な仕掛けだこと。眼の前であなたが他の女性に浮気するのを見たら、わたしがあなたに幻滅するとでも思ったのかしら？」

「思ったんだろうな。名前を呼ばせたりしなければ俺の身体目当てかと疑う余地もあったのに、下手《へた》に念を入れようとするから足がつく」

「まったくしょうのない悪戯っ子だわね。レオには後でみっちりお説教してやらなきゃ。あなたもよ、ワルター。その物騒な飲物を早く片づけて」

　平然としているジンジャーに比べて、少年は気の毒なくらい狼狽《ろうばい》して立ちあがった。

「……失礼します」

　慌てて会場の外の化粧室のほうへと歩いていく。

　二人の護衛も忠実に後を追いかけて行くのを見て、

ヴァンツァーは真面目に言った。

「あの坊やはあんな連中に囲まれていて、よく女を口説く気になれるものだ」

「小さい頃からそれが当たり前だと思っているから、クリスにとっては空気みたいなものなのよ」

ジンジャーも立ち上がった。

「他にも何人か知り合いがいるから挨拶してくるわ。しばらく一人にしてしまうけど、いい?」

「そのほうがありがたい。——女に囲まれていたら助けてくれ」

掛け値なしの本気で言ったのだが、ジンジャーはその請いを高らかに笑い飛ばした。

「お断りよ。男冥利《みょうり》に尽きるというものでしょう。そのくらい自分で何とかなさい」

事実、一人になった途端、ヴァンツァーは次から次へと話しかけられる羽目になった。

ジンジャーが連れてきた謎の美青年に、皆、実は興味津々《しんしん》だったらしい。男女を問わず近寄ってきた。

男性陣はヴァンツァーの素性に興味があるらしい。

デズモンドのようにはっきり訊いてくるのはまだましなほうで、生い立ちに変に探りを入れてきたり、ジンジャーが言ったように知識を試そうとしてくる。

中には彼の美貌に興味を持った人間もいたようで、やれモデルにならないか、やれ映画に出ないかと、実にやかましい。

そして女性陣は文字通り眼の色を変えていた。

ジンジャーと張り合おうという勇気のある女性はさすがにいないようだが、一度限りの遊び相手なら、わたしはどう? と表情と態度で訴えている。

こんな席にヴァンツァー(それも大人版《ヴァージョン》)が、一人でいればこうなるのはわかりきっていることだ。

ヴァンツァーはわずらわしさから逃げ出すために化粧室へ向かい、そこで思わず足を止めた。

明らかな異常を感じたのだ。

化粧室ではない。その手前だ。

『PRIVATE』と記された扉の中だ。

実際に見なくても、そこは昔取った杵柄《きねづか》である。
もしくは身体によく馴《な》染《じ》んだ気配と言うべきか。
ヴァンツァーは内ポケットから手袋を取り出した。
思わぬところで紳士のたしなみが役に立つものだ。
触れてみると、扉は簡単に開いた。
部屋の照明は消えている。
通路の灯りにかろうじて浮かび上がった様子から
すると、昼に事務室として使われている部屋らしい。
となれば使われない夜間は、本来この扉には鍵が
掛かっていなくてはおかしいのだ。
ヴァンツァーは影のように奥に進んだ。
暗がりでも彼の眼はさほど不自由はしない。
部屋の奥に、思った通りのものが転がっていた。
クリスティアーノの護衛の一人だった。
眉間《みけん》を一発で撃ち抜かれている。
もう息がないことは一目でわかった。
ヴァンツァーが感じ取ったのはこの気配。
人の手でつくられたばかりの『死』の臭《にお》いだった。

何が起きたかは想像に難くない。
護衛の一人がもう一人を射殺し、そして恐らくは
クリスティアーノを拉致《らち》したのだ。
この部屋を出て左に行けばパーティ会場に戻る。
下に降りられる昇降機はその会場の中にある。
一方、右手に進めばすぐに非常階段だ。
ヴァンツァーは迷わず非常階段に向かった。
この最上階は五十二階。人一人担いでこの高さを
歩いて降りるのはかなりの時間と労力が掛かる。
さらには、感覚の鋭いはずのヴァンツァーが耳を
澄ませても階段を下りる足音は聞こえない。
となれば途中の非常扉から再び建物の中に戻った
可能性はかなり高い。
非常口の扉は普通、外からは開かないが、こんな
大胆な犯行に及ぶからには、そのくらいの下準備は
済ませていると見るべきだった。
ヴァンツァーは飛ぶように階段を駆け下りた。
一階層降りてみたが、ここは開かなかった。

もう一階層降りても開かない。さらにもう一階層降りると、非常扉が開いて中に入ることができた。

完全に事務所として使われている階層《フロア》のようで、常夜灯だけが頼りなく廊下を照らしている。

昇降機を目差して進むと、途中の男性用化粧室の扉に何か引っかかっていた。

開けてみると、それは服だった。

礼服が二着、化粧室の床に脱ぎ捨ててある。

一着は護衛が着ていた地味なもので、もう一着はクリスティアーノが着ていたものだ。

ヴァンツァーは昇降機に向かって走った。

わざわざ服を着替える時間の浪費《ロス》をしたとなれば、うまくすれば今からでも追いつけるかもしれない。

六基並んだ昇降機のうち一基が稼働中だった。ちょうど一階で停止する。

地下には駐車場もあるのに、なぜ一階かと疑問に思いながら、ヴァンツァーも一階に向かった。

がらんとしたロビーには誰もいなかった。

ただ、赤い絨毯が敷かれた直通の昇降機の脇には、今も二人の守衛が立っている。

ヴァンツァーはその二人に忙《せわ》しく尋ねた。

「男の二人連れを見なかったか？　一人は自分では歩けずに、もう一人が支えるか抱えるかしている。つい今し方、ここから出てきたはずだ」

二人はちょっと驚いたようだが、ヴァンツァーの顔を覚えていたのだろう。律儀に答えてくれた。

「はい。スーツ姿の会社員でした」

「一人はかなり飲んだようでふらふらしていました。正面から出ていきました。たった今です」

ヴァンツァーも正面玄関から飛び出した。

素早く辺りに眼を走らせる。

少し離れたところに、今まさに車に乗り込もうとする二人連れがいた。

正しくは一人の男がぐったりしたもう一人を車に押し込んでいる。顔ははっきりわからなかったし、安物のスーツを着せられていたが、人の特徴を摑むことに長《た》けたヴァンツァーの眼はその姿形をクリスティアーノであると瞬時に認識した。

二人を乗せた無人タクシーが走り出す。

車を呼んでいる暇はない。ヴァンツァーは自分の足で走り出した。

慣れない靴なのがいささか難だが、夜間のせいか、タクシーは思ったほど速度を出さないでいる。

しかし、人の足と車では話にならない。みるみる距離を離されたが、幸いまっすぐな一本道だ。

走り出して五分と経たずに高層建築群は消え去り、何もない寂しい風景が現れる。

車はそのまま地下通路に入った。

大きく曲がりくねった通路の先は見通せない。

さすがにこれ以上は無理かと思って足を緩《ゆる》めたら、二人を乗せていた車が空で通路を戻ってきた。

ヴァンツァーは今度こそ全速力で走り出した。

暗い通路で若い男女が夢中で抱き合っていたが、ヴァンツァーはそのすぐ傍を風のように走り抜け、驚いた二人が悲鳴を上げるのを背中に聞いた。

通路を出ると、寂しかった風景が一変していた。

辺りは真昼のように明るい。

賑《にぎ》やかで少々猥雑な照明が到るところに設置され、車両通行止めの道は酔客で埋め尽くされている。

道の両脇にずらりと酒場が並んでいた。

無論、もっといかがわしい風俗店も、安ホテルも、これでもかとばかりに軒《のき》を連ねている。

高校生の姿だったら、この時間にこんなところはとても歩けなかっただろう。ヴァンツァーは呼吸を整えながらジャケットを脱ぎ、ボウタイを引き抜き、ベストの前を開けて、立ち襟シャツのボタンを一つ外した。それで少しはこの場に似つかわしい乱れた雰囲気になる。人通りの多い道に眼を走らせると、酌婦《しゃくふ》らしい厚化粧の年増女を捕まえて問いかけた。

「人を捜している。ぐったりした若い男を連れた、濃いグレーのスーツの男だ。見なかったか？」

何しろとびきりの美男のヴァンツァーであるから、

女はあながち商売だけでもない笑顔で言った。

「教えてやってもいいけどさ。その前にうちで一杯引っかけておいきよ」

「残念だが、その暇がない。若いほうは俺の弟でね。定期的に発作を起こすんだ。急いで薬を飲まないと危ないのに、それを知らない友人がふざけたらしい。――見たなら教えてくれ。弟の命に関わるんだ」

真剣そのものの表情で一気にたたみかけられて、女は息を呑《の》んだ。慌てて言った。

「あ、あのね、その角を右に曲がったのがそうじゃないかと思うよ」

「ありがとう」

角を曲がったところで、また別の女を捕まえて、二人の行方を尋ねる。今度の女はもっと若い娼婦で、ちょっとずるそうな眼でヴァンツァーを見て言った。

「教えたげるからさあ、遊んでいかない？」

ヴァンツァーはさっきとは打って変わった危険な男の顔で言い返した。

「おまえと楽しんでる間に逃げられたら困るだろう。――どこで見たんだ？」

「うん。その二人ならねえ。すぐそこのジョックの店に入ったんじゃないかな」

ヴァンツァーはにやりと笑って女の顎《あご》を取った。

「悪い子だな。こんな可愛い唇に嘘は似合わないぜ。さあ、正直に言えよ。二人はどっちに行った？」

軽く脅すように言うと、女はどぎまぎしながら、

「ごめん、本当は見てないんだ」と言い訳したが、顔を赤らめながらこんなことを言った。

「こっちに来たんならマギー姐《ねえ》さんに訊くといいよ。この辺りの女たちを仕切ってるんだ。姐さんはもう稼がないけど、街のことなら何でも知ってるから」

「その姐さんはどこにいる？」

「ジョックの店――ほんとだよ！　そこの角の店。姐さんは赤毛で、派手な柄の服着て、大きな真珠の首飾りをしてる。すぐわかるよ」

「いい子だ」

ご褒美《ほうび》に指先で頰を撫でてやり、ヴァンツァーは
ジョックの店に向かった。
そこは年季の入った安酒場だった。
上等な身なりの客はまず近づかないところである。
当然、客層もあまり上品とは言えないはずだ。
それを見てヴァンツァーは再びジャケットに袖を
通した。ただし、ボタンは留めない。ここは両手が
自由であったほうがいいと判断したまでだ。
中は予想以上に汚い店だった。
照明は薄暗く、壁は真っ黒に煤《すす》けている。
上等のジャケットにパンツというヴァンツァーの
姿は明らかに浮いている。
兄ちゃん、ここはあんたの来るところじゃないぜ
という店中の冷たい視線が突き刺さるようだったが、
ヴァンツァーはかまわずマギーを捜した。
赤毛の肥った女がカウンターで一人で飲んでいた。
酒杯を傾《かたむ》けるたびに、幾重にも首に巻いた真珠が
じゃらりと音を立てる。派手な服とはさっきの女も
ずいぶん控えめな表現をしたもので、濃い紫と赤の
恐ろしく奇抜な服を着ている。化粧も負けず劣らず
派手だったが、五十歳は優に超えているだろう。
むしろ六十に近いかもしれない。
「一杯おごらせてくれ、マギー姐さん」
隣に座りながら言うと、マギーはヴァンツァーを
見て、にやりと笑った。
「おや、ずいぶん場違いないい男だね」
「男の二人連れを捜してる。若いほうは紺《こん》のスーツ、
中年のほうは濃いグレーのスーツだ。中年のほうが
若い男を人事不省にさせてこの辺りに連れ込んだ。
——どこに行ったか心当たりはあるか？」
「あれあれ、あんまり無茶を言うもんじゃないよ。
なんであたしにわかるもんかね」
「連れて行かれたのは、名前は言えないが、とある
大物の倅《せがれ》だ。今ならまだ穏便に済ませられる。倅が
無事に戻ればそれでいいが、倅の身に万一のことが
あったら少々まずいことになる。警察やそれ以上に

物騒な連中があんたの街にどっと押し寄せてくるぞ。それでもかまわないと言うなら引き上げよう」

最初の女には切実な様子で情に訴え、二人目にはふてぶてしいくらいの色気で攻めたヴァンツァーは、マギーに対しては至って事務的な態度で話した。

この女は色より利と自尊心と見たからだ。

予想通り、マギーは『あんたの街』という言葉にぴくりと反応し、探るような眼で睨みつけてきた。

「若造が生意気に……脅そうってのかい?」

「あんたを脅して何の得がある? 俺は互いに損のない方法で収めようと言っているだけだ。あんたが頼みの綱だったんだが、知らないなら仕方がない。この辺り一帯を大々的に捜索させるしかない」

肩をすくめてみせると、マギーは気味の悪い眼でヴァンツァーを見て言った。

「お待ち。話だけは聞いてやるよ」

そこでヴァンツァーは、護衛の男が車を降りたと思われる場所から、女たちの情報を頼りにここまで追って来たこと、二人の特徴を詳しく話した。

マギーは少し考えて端末を取り出した。

「ベルかい? 今どこに立ってる? 酔っぱらいを抱えた男を見なかったかい。酔っぱらいの若いのは紺、男のほうはグレーのスーツだ。——見てない? 確かだね?」

通話を切ったマギーは他にも何人かに尋ねたが、どこからも見ていないという返事だった。どうやら通りの各所に立つ女たちに確認を取っているらしい。

女たちの誰からも見ていないという報告を受けて、マギーは別のところに連絡した。

「トム、そっちに男の二人連れが来なかったかい? 育ちのいい若いのと、がっちりした中年の二人だ。紺と濃いグレーのスーツで、若いのは歩けないほど酔ってる——来た? 部屋番号は? わからない? あてにならないね、あんたも。ありがとよ」

通話を切って、マギーはヴァンツァーを見た。

「ハインドホテルだよ。この先を行ってすぐ左手だ。

部屋まではわからないけどね」

「さすがだな、姐さん」

「面倒はお断りだよ、お若いの」

「俺もそう願っている。邪魔したな」

ジョックの店から出ると、ヴァンツァーは自分の端末でジンジャーに連絡した。

「今すぐそこを抜け出して化粧室前の事務室に行け。一人でだ。何を見ても騒ぐな」

ジンジャーは言われたとおりにしたらしい。

沈黙の後、死体を前にしているとは思えないほど冷静な声が問い返してきた。

「クリスはどこ?」

「居所の見当はついたが、どうする?」

「どうとは?」

「取り戻したほうがいいのか?」

「ええ。あなたにそれができるのなら」

共和宇宙にその名を馳せた大女優はさすがだった。

声だけでも重々しく、胸を打つ響きを持っている。

「わたしにもわかる。こんな真似をするからには、警察に通報してもあの子が無事に戻る保証はない。——お願いよ。クリスを助けてちょうだい」

「では協力してくれ。少年の父親はマーショネスの顔役だとあんたは言ったが……」

辺りを見渡してヴァンツァーは続けた。

「ノーザン通り、メイヤー通り、ウェストハム通り、この辺り一帯は誰の縄張りか知りたい」

「少し待って。ミゲルに確認するわ」

通信が切れる。その間にヴァンツァーはハインドホテルを見に行った。

この辺りの建物はみんなそうだが、そのホテルも両隣の建物と近接して建っていた。

外から見る限り、七階建ての古びたつくりである。

部屋の広さにもよるが、この大きさだと最低でも部屋数は五十はあるだろう。まさかその一つ一つを確認して回るわけにもいかない。

裏口の有無を確認するために裏通りに向かったら、

そこでまたも予想外の顔に出くわした。

レティシアである。

これにはさすがに眼を疑った。

レティシアも元の姿に戻ったヴァンツァーに眼を真ん丸にして、突拍子もない声を張り上げた。

「そんな形《なり》で何してる⁉」

「おまえのほうこそ何をしている？」

高校生がふらふら歩いていい場所でもなければ、時間でもない。

レティシアは答えずに、昔の姿のヴァンツァーをしげしげと眺めて感心したように頷いた。

「そっかあ……その手があったか。補導されそうになったんで逃げてきたとこなんだけどさ、俺も元に戻してもらえばよかったんだよな」

仮にも暗殺一族の腕利きが補導員から逃げるとは。

ヴァンツァーはほとほと疲れたように言い返した。

「……世も末だな」

「それを言うなら平和だろう。久しぶりにちょっと夜遊びしようと思っただけなんだぜ」

「それは無謀と言うんだ」

連邦大学同様、セントラルも青少年育成条例には極めて厳しい惑星である。

こんな遅くに酒場の前をうろつく高校生を見逃すはずがないが、本人は真面目だったらしい。

「大学の奴が言ってたんだよ。ここは隣のシティと違って多少の風紀の乱れは多めに見てもらえるって。間の悪いことに取り締まり強化期間だったみたいで、そこら中、警官と補導員だらけだ。——おまえは？遊びに来たんじゃないわけ？」

「乗りかかった船だ。不本意だがな」

「おまえのしかめっ面はいつものことじゃん」

レティシアはあっさり笑い飛ばした。

「その形でいるんだ。てっきりおまえも王妃さんの艶姿《あですがた》を見物に来たもんと思ったが、違うのか？」

「やめろ。——思い出したくもない」

ヴァンツァーがとことん顔をしかめて言った時、

ジンジャーから連絡が入った。

　レティシアがおもしろそうな眼で窺っている。

　ヴァンツァーは通りに人気がないことを確認して、彼にも音声が聞こえるようにした。

「ミゲルのところに身代金の要求があったそうよ。明日の夜までに持参人払いの連邦財務証券で二十億。受け渡し方法は追って連絡するって」

「その身代金は妥当《だとう》な値段か？」

「ええ。ミゲルの支払い能力なら余裕で払えるわ」

「警察を介入させる気はないんだな？」

「もちろんよ。――ああいう人たちにとってはね、誘拐《ゆうかい》も一種の商売《ビジネス》なのよ。いやな話だけど。玄人《くろうと》の犯行だろうから、身代金さえ払えばクリスは無傷で解放されるはずだとミゲルは考えてるわ」

「その言い分には賛成しかねるな。犯人は既に一人殺しているんだぞ」

「ミゲルも動揺しているのよ。それと、その辺りはサルバドール一家の縄張りですって」

「フランコとの関係は？」

「よくはなさそうよ。むしろ犬猿の仲みたいね」

「フランコの意見は？　サルバドールが金目当てに少年を攫《さら》ったと考えているのか？」

「他にはありえないと確信しているけど、あなたの意見は違うみたいね。――どうして？」

「犯人はわざわざ人目につくように少年を拉致して、サルバドールの縄張りに連れ込んでいる。第三者がフランコとサルバドールをけしかけ、つぶし合いを企んだ可能性もあると思う。――この両者が倒れて得をする第三者に心当たりは？」

　ジンジャーの音声がちょっと途切れた。

　恐らく別の端末で直接フランコに訊いたのだろう。

「――五本の指では数えられないそうよ」

「もう一つフランコに確認してほしいことがある。少年の奪還に多少荒っぽい真似が必要だとしたら、どこまで警察沙汰《ざた》にせずに済ませられる？」

「具体的には？」

「死人は出さないように心がけるつもりだが、最低でも建造物不法侵入、威力業務妨害、傷害もしくは暴行、それと——少年買春未遂だな」

とてもいやそうにレティシアを見ながら言うので、レティシアは声を出さずに吹き出した。

そもそもこれを『多少』とは言わない。

これが多少なら警察は必要なくなってしまうが、ジンジャーは不敵に笑った。

「死人は出さないと言ったわね？　それで済むなら、わたしが直《じか》に警察署長に掛け合うわ」

「確かだな？」

「ええ。今夜そこで何が起こっても、警察は決してあなたの元にはたどり着かない。約束するわ」

「わかった。次はこちらから連絡する。それまではこの端末には掛けてくるな」

「朗報を待っているわ」

通信を切ると、ヴァンツァーはレティシアを見て、当然のように言った。

「聞いての通りだ。来てくれ」

「俺にただ働きさせようってのかよ？」

「これは仕事じゃない。俺たちはもう廃業した人間なんだからな。ただし、どんな時でもおまえは話がおもしろくなるほうにつくはずだ。違ったか？」

レティシアは細い肩をすくめて笑った。

「いい根性してるじゃん。——で？　目標の坊やはこの中のどこよ」

「わからん。だから、まずおまえと正面から入る。こんなところに今のおまえを連れて入ったら、俺のほうが逮捕されそうだがな。——仕方がない」

そう思われるのが心底耐えがたいようで、苦虫を嚙み潰したような顔だった。

レティシアは呆れて言った。

「何もそこまでいやがらなくてもいいだろうに……手伝わせる割に態度がでかいねえ」

裏通りからホテルの正面に向かうわずかな間に、ヴァンツァーは今までの事情とクリスティアーノの特徴を説明して、つけ加えた。

「俺の今の呼び名はワルターだ」

「じゃ、俺はヴィッキーな」

黙り込んでしまったヴァンツァーにレティシアは悪戯っぽく笑って、本題の質問をした。

「犯人は一人か？」

「俺が見た時はそうだったが、今は仲間と合流しているかもしれん」

「護衛をやってたんなら飛び道具も持ってるな」

「当然だ」

成人男性と十六歳の少年の二人連れでは、普通は繁華街にあるホテルには入れない。

少なくとも連邦大学惑星では絶対に無理だ。

倫理規定は国によって違うが、繁華街ではそれが緩くなるのはどこの惑星でも同じである。

そして街中のホテルに無人式はほとんどない。

主に防犯上の理由からだ。

フロントには必ず人間の職員がいて、客に自筆で身元を書かせる。外国人なら旅券番号も控える。

ヴァンツァーとレティシアはやや後ろめたい体で、うつむき加減にホテルの玄関をくぐった。

ヴァンツァーがフロントに出向いて空き室を訪ね、その間、レティシアは少し離れたところに立って、所在なげにしている。

安ホテルの人間のいいところは客にあまり興味を持たないことだ。

フロントの男は至って事務的に手続きに入った。

「では、こちらにご記入を——」

お願いしますと言おうとした時、ヴァンツァーはカウンターを飛び越え、あっという間に男の背後に回って、その首を締め上げていた。

「三十分以内の宿泊カードを見せろ」

何が起こったかわからずに青ざめる男を尻目に、レティシアが悠然とカウンターの内側に入ってくる。

「勝手に捜すぜ。——これかな？」

ここ三十分の間にチェックインした客は六組。

うち男の二人連れは一組だけ。しかも、二人分の署名は同じ筆跡に見える。部屋は最上階の712。

レティシアは続けて館内図面を表示させた。

712の位置を確かめて、ヴァンツァーはさらに羽交《はが》い締《じ》めにした男に尋ねた。

「非常警報はどこだ？」

男は喘《あえ》ぎながら訴えた。

「た、助けて。金ならそこにありますから……」

「いらん。非常警報は？」

「か、管理室に……」

ヴァンツァーは男の首を手刀で打って気絶させ、レティシアに眼で合図した。

レティシアも余計な無駄口はいっさい叩かない。

影のように管理室へ向かった。

ヴァンツァーは昇降機に乗り込んだ。この辺りは何度も一緒に仕事をしてきた阿吽《あうん》の呼吸である。

七階に上がったヴァンツァーが712の扉の横に張りついた時だった。それを見透かしていたように盛大な警報がホテル内に鳴り響いた。

宿泊施設には避難装置の設置義務がある。

どんな安ホテルでも、この警報が鳴ると同時に、全室の鍵《ロック》が自動的に解除される。

しかし、ヴァンツァーは自分から扉を開けたりはしなかった。じっと待った。

鳴りやまない警報に、七階の他の部屋からは客が不安そうな顔を覗《のぞ》かせる。

「何？　火事？」

「故障じゃないのか？」

「フロントに連絡しても通じないぞ」

その騒ぎに712の扉がようやく動いた。

途端、ヴァンツァーは力いっぱい扉を押しのけた。

「ぐえっ！」

扉と壁に強烈に挟まれて悲鳴を上げた男の手から、銃が転がり落ちる。

素早くそれを拾い上げたヴァンツァーは男の顔を見てちょっと表情を変えた。犯人の顔は覚えているつもりだが、これはどう見ても別人である。

もっと若いちんぴらの風体だ。

部屋の中を見ればクリスティアーノの姿もない。

「な、なんだてめえは！」

男が喚《わめ》く。ヴァンツァーは後ろ手に扉を閉めて、
立ち上がった男に銃口を向けた。

「少年をどこにやった？」

「こ、この野郎！　こんな真似をしてただで済むと
思ってるのか！　俺さまを誰だと思っていやがる！

ベリオ一家のカミッロさまだぞ！　撃てるもんなら
撃ってみやがれ！」

真っ青になって震えながら虚勢を張る。こういう
人種はヴァンツァーには理解できないものだった。

そこでとりあえず希望通りに撃ってやった。

刃物なら得意でも銃器の扱いには不慣れなので、
狙いがちょっとずれた。かすらせるつもりが太股《ふともも》を
撃ち抜き、男は悲鳴を上げて倒れた。

足を抱えてひいひい泣いている。

「少年はどこだ？」

「し、知らねえ……知らねえよ！」

「ここにいた男はどこにいった？」

「知らねえったら！　俺はエルモの兄貴に言われて
来ただけなんだよ！」

「そのエルモの人相風体は？」

「な、何言ってんだよ、おまえ……」

「四十前後、身長は約百八十。がっちりした体格で、
薄茶の髪を短く刈り、眼は灰色で顎が割れている。

それがエルモか？」

カミッロは半狂乱で首を振った。

「似ても似つかねえよ！　誰だよそれ！」

「では、エルモはどこにいる？」

「…………」

「俺はあんまり射撃がうまくない。死ぬまで何発か
食らってもらうことになるぞ」

「と、隣だよ！」

「隣の部屋か？」

「建物だよ！　隣のビルに一家の支部があるんだ！　七階に！」

　レティシアが入って来た。

　足を血だらけにして苦しむカミッロを見下ろして、これまた平然と訊いた。

「何を手間取ってる？」

「目標がいない。犯人もだ」

「昇降機は使えないぜ。俺が止めたからな。階段で上がってきたが、それらしいのは見かけなかった。急がないと、そろそろ救急隊が飛んでくるぜ」

　ヴァンツァーはカミッロから端末を取り上げて、さらに尋ねた。

「ベリオ一家はフランコとサルバドール、どっちについているんだ？」

　これはカミッロにとって『右手はどっちだ？』と訊かれるに等しい基本的な質問だったらしい。

「ふざけんなよ！　誰がフランコの野郎となんか！　ベリオ一家はサルバドールの兄弟分だぞ！」

　その言葉が事実かどうかは別として、少なくともカミッロがそう信じていることはよくわかった。

　そしてレティシアが二人は下には降りなかったと言う以上、行き先は一つしかない。

「行こう。屋上だ」

　苦しむカミッロを置き去りにして二人はホテルの屋上に出た。

　両隣の建物はどちらもこのホテルと同じくらいの高さだが、道路に面して左隣の建物は屋根が尖《とが》り、右隣はホテルと同じく平たい屋上だ。

　地上に下りずに隣に移るとしたらこっちだろうが、近接して建っていると言っても、二つの建物の間は三メートルは開いている。

　その足元は七階分の高さがあるとなれば、たった三メートルでも普通の人間には絶望的な距離だが、この二人には何でもない。

　一跳びで右隣の建物に飛び移った。

　その屋上の端にあるものを発見し、レティシアが顎で示してみせる。

「見ろよ。橋を架けたらしいぜ」

幅一メートル、長さは四メートル以上の強化板が転がっていた。その両側にはご丁寧に上り下り用の段までつけてある。

何度もここから行き来をしているらしい。

屋上の扉の前で二人は立ち止まり、レティシアが真面目に言った。

「こっからがちょいと問題だよな」

ヴァンツァーも真顔で尋ねた。

「こんな時、おまえならどうする？」

「俺に訊くなよ。これは仕事じゃないっておまえが言ったんだぞ」

「そうなんだが、考えてみれば拉致監禁は俺たちの専門外だ。人質の救出もやったことがない」

「捕まった奴の口封じなら得意なんだが……」

レティシアも困惑顔で考えている。

「だけど今回は、生きてる坊やを連れて帰らなきゃ意味がないんだろう？」

「そうだ」

この建物は雑居ビルで一階は店舗になっている。二階から上は住居だったり事務所だったりする。

カミッロの話が本当なら、七階のどこかに支部があるはずだが、まさか扉に『ベリオ一家』と表札を掲げていたりはしないだろう。そこをどうするかと相談したわけだが、結局は行ってみるしかない。

ところが、屋上の扉を入って階段を下りて七階に立った途端、二人は予想外の出迎えを受けた。

男が一人、暇そうに通路に佇《たたず》んでいたが、二人を見るなり血相を変えて銃口を向けてきたのである。

「てめえら、どこから入ってきやがった？」

レティシアが両手を上げたのは間違っても降参の仕草ではない。瓢簞《ひょうたん》から駒の事態にびっくりして、思わず手を上げてみせたというのが正しい。

「ちょっと訊くけど、ここってもしかして七階全部、ベリオ一家の支部だったりするわけ？」

「どこの者《もん》だ！　とっとと言わねえと——」

撃つぞ！　と言いたかったのだろうが、あいにくレティシアのほうが遥かに早かった。

数メートルの距離を一瞬で詰め、男の手を捻《ひね》って銃を落とさせ、その身体を廊下に押さえつけていた。

それこそあっという間の出来事である。

男には何が何だかわからなかっただろう。

「教えといてやるけどな。ごちゃごちゃ脅し文句を言う暇があったら、とっとと撃つんだよ」

もっとも、撃ったところでレティシアがその弾に素直に当たってくれるかはまた別の話だった。

ヴァンツァーは男の額《ひたい》にカミッロから取り上げた銃を突きつけた。

「少し前にぐったりした若い男と厳つい大きな男がここから降りてきたはずだ。二人を見たか？」

捻られる腕の痛みと突きつけられた銃口に、男は汗を浮かべながら慌てて頷いた。

「あの男は何者だ？」

「オ、オイゲンの旦那《だんな》だ。お、俺もよくは知らない。エルモの兄貴の兄弟分だよ」

「そのオイゲンと一緒だった少年はどこにいる？」

「こ、この下……」

「下？　六階もベリオ一家の支部なのか？」

男は必死に頷いた。

「六階のどの部屋だ？」

今度は不自由な姿勢で懸命に首を振る。

本当に知らないらしいと見て、レティシアが男の首を軽く捻って気絶させ、銃を取り上げた。

この建物は隣のホテルよりずっと小さい。

化粧室を含めても扉は七個しかない。

六階もここと同じ造りで、丸ごとベノア一家なら、どの扉にも鍵は掛かっていないはずである。

これで格段にやりやすくなった。

レティシアがヴァンツァーを見た。

「どっちからやる？」

七階も六階もベリオ一家となると、六階の少年を助けて降りる間に追撃を受ける恐れがある。だから、上の連中を先に片づけておくかと言ったわけだが、ヴァンツァーは「降りよう」と言った。

「こういう場合は人命が最優先のはずだ」

「柄じゃねえけどな。——じゃあ、即行で」

レティシアが即行でと言ったら本当に即行である。

階段で六階に下りた彼は真っ先に眼についた扉を無造作に開け放った。

室内はいかにも怪しげな雰囲気だった。

革張りの長椅子に強面の男が四人たむろしており、じろりと二人を睨みつけてくる。

「なんだあ、てめえらは？」

どうしてもこれを言わなければならないらしい。

マーショネスはれっきとした司法都市であるから、問答無用でぶっ放すわけにもいかないのだ。

二人にしてみれば、相手が無防備な姿を見せた上、攻撃する時間までくれるのだから、ご親切にどうも——と礼を言いたくなる状況である。

実際、レティシアはにこにこ笑いながら言った。

「すいません。ちょっとお尋ねしますけど……」

「手足が胴体《どうたい》についてるうちに出ていきな、小僧。ここはおまえなんかの来るところじゃねえ」

どんなに気の強い人間でも震え上がるに違いない、どすの利いた声だった。

しかし、レティシアはごく自然に部屋に踏み込み、その動きに男たちが血相を変えた時には彼は完全に態勢を調えていた。

背を向けて座っていた一人の首に無造作に手刀を落として気絶させる。

正面に座っていた一人が拳銃を抜こうとした時は、レティシアの顔が男の眼の前だ。

「小僧！」

懐《ふところ》から抜いた男の手首を素早く摑んで捻る。

まるで手品のようにレティシアの右手に銃が移り、隣に座った男に銃口を向けて動きを封じる。

右手で拳銃を構えたままレティシアは左手一つで

男の鳩尾《みぞおち》を打ち、男は意識を失って倒れた。

ヴァンツァーも同じことをした。

レティシアがあっという間に三人を抑えたので、残りは一人。その一人が銃を抜こうとしたところを、手首を摑んで捻り、銃を奪い取った。

自分の銃を突きつけられた男は愕然としていた。

レティシアに銃を向けられた男もだ。何が何だかわからない顔だった。

ベリオ一家の男たちにしてみれば、こんな結末は『ありえない』ことだったろう。

侵入者を撃退しようとして銃を抜こうとしたら、瞬時に自分たちが制圧されてしまったのだから。

しかも侵入者の一人は正装した優男、もう一人は高校生のような少年である。

あいにく元暗殺一族の二人に言わせれば、彼らの動きが遅すぎるのだ。懐から銃を抜く間に正面から距離を詰めてその腕を摑めるくらいには遅い。

そして銃を持つ腕さえ捕らえてしまえば、彼らはもう何も抵抗できない。

レティシアが銃を突きつけて動きを封じたのは、奇しくも彼に声を掛けた男だった。

「さてと、兄さん。その首が胴体についてるうちに答えてもらおうか。攫った小僧はどこだい？」

先程の男の台詞に比べれば至って軽い口調だが、籠《こ》もっているのは本物の殺気である。

いざとなればこの少年は躊躇《ため》わずに引き金を引く、自分は殺されると男は察して、喘ぐように言った。

「……奥の右手の扉だ」

「ありがとよ」

レティシアは男を一撃で気絶させて廊下に出た。

位置的に扉の近くにいたヴァンツァーはそれより早く眼の前の男を当て落として部屋を出ていた。

先に廊下を進み、男が言った部屋の扉を、ろくに警戒もせずに開け放つ。

軍や警察の訓練では、武装した人間のいる室内に突入する際は必ず安全の確認をしてから行動しろと教えている。公平に考えて正しい教えだが、ここの人間は油断しきっている。

これほど迅速《じんそく》にこれほど大胆に人質を取り返しに来るとは予想もしていなかったのだろう。

ましてヴァンツァーもレティシアも警官ではない。『動くな、手を挙げろ』という警告を発する義務も必要も感じていない。

扉を開けた途端、縛られて椅子に括《くく》りつけられたクリスティアーノの姿が見えた。

手前に四人の男、窓辺に少年の護衛だった犯人。

それらを瞬時に視認したヴァンツァーは、手前の二人を続けざまに撃った。

ほぼ同時にヴァンツァーの背後からレティシアが残る二人を撃った。狙いは適当だったので死んではいないが、四人とも悲鳴を上げて倒れる。

が、銃の扱いに掛けてはさすがにこちらの人間は熟練していた。四人が撃たれる間に窓辺の犯人——オイゲンは縛られた少年の頭に銃を突きつけていた。

「動くな！」

粘着テープで口を塞《ふさ》がれた少年は絶望的に呻《うめ》き、泣きそうな眼でヴァンツァーを見つめてきた。

さて困った——とヴァンツァーは冷静に考えた。

先も言ったように、人質救出も犯人との交渉術も自分たちの専門外である。この状況で何をすべきか、どんな手段が効果的なのか皆目見当がつかない。

長身のヴァンツァーの陰に隠れるようにしているレティシアも同意見だったのだろう。そっと囁いた。

「狙いは何だとか訊いてみたら？」

よさそうな提案に思えたが、目的はまず金だろう。

そこでヴァンツァーは少し質問を捻《ひね》ってみた。

「誰に頼まれた？」

「誰でもない。俺一人でやったことだ」

オイゲンは至って冷静に答えた。

その態度がヴァンツァーには意外に思えた。

誘拐犯の心理にはあまり詳しくないが、この男は決定的な現場を押さえられてしまったわけだ。

自棄《やけ》を起こして捨て鉢になってもいいはずなのに、妙に落ち着き払っていて興奮も逆上もしていない。

今のオイゲンは何もかも承知しているかのような、薄笑いまで浮かべているのである。

それが引っかかった。

だから、訊くつもりのなかったことを訊いた。

「目的は金か？」

「他に何がある？」

クリスティアーノが恐怖のあまりくしゃくしゃに顔を歪《ゆが》めながらも、必死の眼差しでヴァンツァーに何か訴えてくる。

「妙だな。その子どもは違うと言いたいらしいぞ」

今度はオイゲンが顔を歪めた。

ヴァンツァーが待っていたのはその瞬間だった。

左手に隠し持っていたものを鋭く投じると同時に、普通の人間の眼では追えない速さで飛び出した。

「う……」

オイゲンの顔が激痛に歪んだ。何か小さなものが腕の肉を噛む勢いで襲いかかってきたからだ。

ヴァンツァーが投げつけたのはさっき倒した男のスーツのボタンである。趣味の悪い金のボタンも、彼の手に掛かれば立派な武器になる。

それでもオイゲンは銃を取り落としはしなかった。

見事な根性を見せてしぶとく少年を撃とうしたが、これだけの間があればヴァンツァーには十分だった。

引き金を引くより先に、厳つい顔に強烈な一撃を食らって、オイゲンの身体が吹っ飛んだ。

少年の護衛を務める以上、そして体つきからして、オイゲンもかなりの戦闘訓練を受けていたはずだが、何と言っても年期が違う。

オイゲンの手から落ちて転がった銃は、すかさずレティシアが拾い上げて扉の外を警戒した。

これだけ大立ち回りをしたものだから他の連中もそろそろ気づいてやって来るだろう。

ヴァンツァーは椅子に括りつけられていた少年の口を自由にしてやった。

青い顔をした少年は「ありがとうございます」と、震える声で礼を述べたが、意外にも自分を拉致した犯人に向かって悲痛に叫んだのだ。

「オイゲン！　だめだ！」

しかし、遅かった。

ヴァンツァーとレティシアも追いつけなかった。

いつの間にか窓が大きく開いている。オイゲンは晴れ晴れと笑って、そこから身を躍らせていた。

少年が悲鳴を上げる。

ヴァンツァーは舌打ちした。レティシアもだ。

ここは七階、この二人でも飛び降りる自信はない高さである。並の人間では即死は免《まぬが》れない。

窓から覗いて確認するまでもなかった。

既に下の悲鳴や騒ぎがここまで聞こえてくる。

この真下は人通りの多い繁華街だ。建物の窓から人間が落ちたとなれば、警察が駆けつけてくるのは時間の問題だった。

ヴァンツァーは自分の銃をレティシアに投げた。

受け取ったレティシアは自分のハンカチで素早く、しかし入念にそれをぬぐった。足元にはまだ痛みに呻く男たちが転がっているのに、まるで眼に入っていないような堂々とした態度である。

もちろん自分の使った銃も同様に痕跡《こんせき》を消して、廊下に放り投げる。

その間にヴァンツァーは少年の手足の拘束を解き、拒絶状態のクリスティアーノを引きずり立たせた。

「来い。逃げるぞ」

部屋を飛び出すと、一足先に行ったレティシアが階段の上を指している。

ヴァンツァーにも異存はない。

ただ一人納得いかなかったのは引きずられている少年である。

「ど、どうして上に？」

「いいから来い」

階段を上がる途中、血相を変えた男たちが上から駆け下りてきた。仲間が倒されたのを知ったベリオ一家の人間だろうが、先を行くレティシアにとって、そんなものは何の障害にもならなかった。

彼の両手から、先程のヴァンツァーと同じようにさまざまなボタンが飛んだ。銃などより扱い慣れた武器のほうがやはり使い勝手がいい。

男たちは次々に悲鳴を上げ、中には階段を転がり落ちる者もいたので、レティシアとヴァンツァーは苛立《いらだ》たしげにその身体を階下に蹴《け》り落とした。

屋上に出ると、二人はあの強化板を持ち上げて、投げ落とす勢いで隣のホテルの屋上に掛けた。

気の毒だったのはクリスティアーノ少年である。やっと人質から解放された安堵《あんど》にひたるどころか七階分の高さに掛かる幅一メートルの板の上を歩く羽目になったのだ。尻込みするのも当然だったが、二人は有無を言わせなかった。

「さっさと行け」

「尻を蹴っ飛ばされたいのか？」

少年は震え上がった。ぎこちない足取りながらも、

おっかなびっくり即席の橋を渡る。

レティシアとヴァンツァーは一飛びで橋を渡ると、板を外して建物と建物の間に落とした。

一応、落とす前に下を確認したが、この下は狭い露地なので幸い人は誰もいなかった。

非常警報が響いたホテル内も今は落ちついていた。むしろ、すぐ隣の建物から人が落ちたというので、宿泊客の関心もそちらに集中しているらしい。

ただ、さすがに一階に下りると、フロントの男が、自分を襲って非常警報を鳴らした二人について事情聴取を受けていた。そのフロントにさりげなく背を向ける格好で、二人はクリスティアーノを促《うなが》して、悠々とホテルの玄関から出たのである。

思った通り、隣の路上には既に人垣ができている。警邏《けいら》中《ちゅう》だったらしい警察官の姿も見える。

レティシアがのんびりと言った。

「んじゃ、俺はここまでな」

「ああ。助かった」

「気にすんな。この貸しはいずれ返してもらうから期待して待ってろ。——じゃあな、ワルター」

どういう期待をすればいいのかと真剣に悩む間に、細い身体は人混みの中に消えて行った。

ヴァンツァーも少年の腕を摑んで歩き出した。

少年はまだ茫然として一人ではとても歩けそうにない状態だったからだ。

しかし、腕を引くと案外素直についてくる。

ホテルに背を向け、人混みを避けて歩きながら、ヴァンツァーはジンジャーに連絡した。

「少年は無事に救出したが、予想外の事態が起きた。死人が出た」

「あなたが殺したの？」

「いいや。自殺だ。犯人の男だ」

「そう……今どこ？」

「あんたは？　子どもをそこまで送ってやるから、あんたから父親に渡してやれ」

「ミゲルもここにいるわ。クリスと話をさせろって言ってるけど、直接来てもらったほうが早そうね。地図を送るわ」

送られてきた場所はこの繁華街の隣のブロックで、超のつく高級住宅街だった。

示されたのはその最上階の部屋番号である。

「急いで来てちょうだい。ミゲルがそろそろ我慢の限界みたいだから。待ってるわ」

ジンジャーの声は笑っていた。

こういう時はまず無事な声を肉親に聞かせてやるものだと思うのに、解放された息子と真っ先に話をさせてやらないとは、わざとだろうか。

ヴァンツァーは少年に尋ねた。

「これはおまえの家か？」

番地を見せると、少年は青い顔で頷いた。

「父が街にいる時、使っている家です」

「そこまで歩けるか？」

「……はい」

大変な目に遭ったばかりの少年は気丈に答えた。

ジンジャーは車で来いと言ったつもりだろうが、歩いても二十分も掛からない。

地図に従って歩き始めるとすぐに繁華街が途切れ、意外にもひっそりと静かな街並みが現れた。

人通りもまばらである。

車を使うのを避けたのは、検問に引っかかった時、少年の身元が警察に知られると面倒だからだ。

ベリオ一家の支部から人が転落死したすぐ近くに、ベリオと敵対するフランコの御曹司《おんぞうし》がいたとなると、話が少々面倒になる。

まさか逮捕はされないだろうが、記録には残る。根掘り葉掘り事情を聞かれることも避けられない。

そうした判断をわかっているのかどうか、少年は蹌踉《そうろう》とした足取りで歩きながら呟いた。

「情けないですね。恋敵に助けられるなんて」

ヴァンツァーはちょっと考えて、自分のことかと思い当たった。

少年は震えていた。殺されそうになったのだから無理もないが、顔を上げて意外なことを言った。

「ミスタ・ドレーク」

「何だ」

「ぼくが残り少ない命だと言ったら……そうしたらジンジャーと別れてくれますか?」

ヴァンツァーは不思議そうな眼で少年を見つめて、至って普通の口調で答えた。

「おまえは俺に決定権がないことばかり要求する。それはあの女が決めることだ」

「そうですね……」

聞こえているのかどうか、少年は独り言のように続けた。

「ぼくの病気は潜伏型で、症状は表に出ないんです。ですから……今はまだ普通に生活できるんですけど、発症したら……その時はほぼ助からないそうです」

「…………」

「ぼくの身体に合う新薬が完成すればいいんですが、もう何度も試して……そのたび、だめだったんです。

――最悪の場合、ぼくの命は二十歳までだそうです。わかってたつもりでした……どうせあと二年だって。それなのに……殺されると思ったら……今日ここで死ぬのかと思ったら――すごく怖かった！」

無意識に足を止めて子どものように泣きじゃくるクリスティアーノに、ヴァンツァーは言った。

「それが普通だ」

ヴァンツァーは言葉が多いほうではないが、あの王妃なら生き物として当然だと言っただろうと思い、そう思った自分に満足した。

「おまえの可能性がどのくらい残っているのか俺は知らない。おまえがどうしたいのかもわからない。ただ、俺の知り合いならこう言うだろう。生き物はその命のある限り生きようとするものだと」

少年は涙でくしゃくしゃになった顔をぬぐって、小さく頷いた。そんな少年に再び足を動かすように促しながら、ヴァンツァーは訊いた。

「犯人の男がなぜ死を選んだか知っているか？」

「復讐だって言ってました」

「…………」

「恋人が殺されたんだって。九六六年に。その頃、フランコはベリオとサルバドールと本格的な闘争を続けていて……ぼくは初めて聞いた話なんですけど、市街地で銃撃戦があって、その時オイゲンの恋人が巻き添えになって死んだそうです。オイゲンはまだ十七で――初めて愛した人だって言ってました」

少年は苦しげに喘いだ。

「身代金を要求したのは父を苦しめたかっただけで、お金はいらない。ぼくも……生かして帰すつもりはないと言ってました。彼自身もです。あの場所から飛び降りれば、さすがに警察が調べる。そうしたらぼくの護衛だったことが明らかになる。父はぼくがベリオとサルバドールの差し金で殺されたと考えるはずだから、今度こそ三者の間で全面戦争になる。みんな無傷ではすまない。――そう言ってました」

「恐ろしく気の長い話だな。二十五年も前に死んだ

「おまえの最後の望みがあの女と結婚することなら、正直にあの女に告げるんだな。ただし……」

ちょっと考えてヴァンツァーは言った。

「俺の推測だが、あの女は知っていると思うぞ」

「はい。ぼくもそうじゃないかと思いました。父はジンジャーの知人ですから……」

クリスティアーノは苦しそうに顔を歪めていた。

肉体の痛みからではない。慚愧《ざんき》の念からだ。

「ぼくは汚い……卑怯《ひきょう》な人間です。彼女が知っているなら……ぼくと結婚してくれるかもしれないと期待したんです。――最低です」

勇気ある告白をヴァンツァーはあっさり流した。

「おまえが何に苦しんでいるのか俺にはわからん。あの女はおまえの求婚を断った。おまえに同情して結婚するつもりはないという意味じゃないのか？」

少年はまた涙をぬぐい、苦悩の表情で頷いた。

スーツ姿の少年が涙で顔をくしゃくしゃにして、正装した美青年と肩を並べて歩いている。

女のための復讐か」

「自分はそのために生きてきたんだと言ってました。ぼくは――死ぬのはいやでした。だけど、あんな、あんなのって……」

少年は激しく首を振った。

「オイゲンは――笑ってました！　どうして……」

後は言葉にならなかった。

まだ十八のクリスティアーノでは、笑って死ねるオイゲンの心はわからない。

ヴァンツァーにはいやというほどわかっていた。かつて自分も経験したことだからだ。

「何に満足を覚えるかは人それぞれだ。――たとえそれが他人《ひと》から見てどれほど馬鹿げたことでも」

涙に濡《ぬ》れた大きな眼がヴァンツァーの美しい顔をじっと見つめている。

「あの男の最後の望みは本懐を遂げることだった。俺が少し邪魔したが、本人は満足だったんだろう」

「はい……」

奇異な眺めである。

「彼女は、ぼくの姑息な計算なんかお見通しでした。——残念ですけど、すごく残念ですけど……これでよかったんだと思います」

　どうあっても彼女は自分を選んではくれない。

　世間的に立派に失恋の状況だが、だからといって簡単に忘れられるはずもない。

　少年はまだジンジャーに心を残している。

「最後まであの女を思い続けるのもおまえの人生だ。おまえがそれで満足するなら、時間を無駄にしたと思わないのなら、それもいい」

「そうですよね……」

　少年は大きく息を吐き、無理に笑って見せた。

「本当は……彼女はぼくには手の届かない人だってわかっているつもりなんです。他の女の子を好きになろうとしてみたこともあるんですけど、やっぱりどうしても。自分でも馬鹿みたいだと思いますけど、結局、八歳の時からずっと彼女に恋してるんです」


どうしてジンジャーでなければだめなんだろうと悩む少年の表情は真剣そのものだった。

　その悩みはヴァンツァーには理解できなかったし、慰《なぐさ》めるつもりもなかった。もっとはっきり言えば、悩んだところで無駄だと知っていた。

　だから自分には無用の格言を口にした。

「恋をする相手は自分では選べないものだ」

「あなたもですか？」

「俺があの女に恋をしているように見えるか？」

　少年は眼を見張った。

「彼女と結婚されるんでしょう？」

「さあ、それはどうかな？」

　ヴァンツァーはうっすらと微笑した。

　夜風が心地良く頬を撫でる。そんな些細な感触に、あらためて自分が今生きていることを実感しながら、ヴァンツァーは静かに言った。

「俺は今まで人を愛したことはない」

　少年は仰天《ぎょうてん》したらしい。

「そのお歳まで一度もですか？」

「ない」

あっさり答えたヴァンツァーだが、少年は本当に絶句していた。大きな眼が真ん丸になっている。

「それは……ずいぶん寂しい人生なのでは？」

この台詞を嫌みでなしに言えるのは若さ故だろう。

少年は心底、不思議そうに、ヴァンツァーの顔を恐る恐る窺っている。この美男子が恋をしたことがないなんて何かの間違いじゃないかと疑っている。

「寂しい人生か……そんなふうに感じたこともない。おまえにとってそれなしの人生はありえないのかもしれないが、俺は違う」

正確に言うなら『俺たちは』だ。

「ですけど……」

「言ったはずだぞ。人それぞれだ」

「はあ……ですけど、そういう問題でしょうか？」

少年はどうしても納得できない様子だった。

彼の生まれ育った文化圏の環境は愛こそすべて、恋なくして何の人生と高らかに謳《うた》っているからだ。

ヴァンツァーは違う。

愛を知らないわけではなく、拒むわけでもない。

ただ、好んで欲する必要を感じない。

それだけのことだが、この少年には信じられないことなのだろう。

いつの間にか高級住宅街が眼の前だった。

自分の家の前に来て少年はちょっとまごついた。

いつもは車で地下の駐車場に降りるので、徒歩で一階から入るのは初めてだという。

一度も使ったことはなくても、玄関に設置された警備装置はクリスティアーノの個体情報をちゃんと認識して、二人を中に通してくれた。

ホールには広い中庭と壁を伝う滝までつくられて、高級ホテルも真っ青の趣《おもむき》である。

昇降機を待つ間、少年は何やら意を決したように言い出した。

「ミスタ・ドレーク」

「何だ？」

「……あなたの本名を聞かせてもらえませんか」

　ヴァンツァーは呆れ顔で少年を見下ろした。

「おまえの頭は奇妙なつくりだな。偽名というのはそれを言いたくないから使うものだぞ」

「すみません。ではあの、お願いがあるのですが」

「何だ？」

「お二人の結婚式にはぼくを招待しないでください。狭量《きょうりょう》と思われるでしょうが、今はまだ……心から祝福できる自信がないんです」

　彼なりに腹をくくった台詞だったのだろう。まっすぐ自分の顔を見つめながら精一杯胸を張る、その様子にヴァンツァーは微笑した。

「わかった」

　昇降機が降りてきた。

　ミゲル・フランコは思ったより年配の男だった。六十は過ぎているだろう。つるつるの禿頭《はげあたま》で、ぎょろりとした眼で、太い首が肩に埋まった矮軀《わいく》で、すらりと端整な息子とは似ても似つかない。

　だが、この父親が息子に限りない愛情をそそいでいることは間違いなかった。そして息子も、父親を深く愛していることは見れば明らかだった。

「ただ今戻りました。父さん」

　フランコは息子の無事な姿に眼を潤ませていた。

　今にも泣き出しそうに見えたが、それでも息子に取りすがって喜ぶのは沽券《こけん》に関わると思ったのか、無理にそっくり返ってみせた。

「うむ。よかったな……無事で。心配したぞ」

「この人が助けてくれたんです」

　素直すぎる少年だが、現場にもう一人いたことを口にしない点は評価できる。

「そうか……」

　フランコは鷹揚《おうよう》に頷き、ヴァンツァーに向かって、使用人の労力を誉める主のような口調で言った。

「ご苦労だったな」

ヴァンツァーはちょっと呆れた。あんたのためにやったわけではないと言おうとしたが、この態度を許さない人間は他にちゃんといたのである。

「今なんて言ったの、ミゲル？」

ジンジャーだった。

クリスティアーノが思わず息を呑んだ。

いつも優しい微笑をたたえているはずの彼女が、柳眉《りゅうび》を逆立てている。美しい菫の瞳に稲妻《いなづま》が閃き、背後には雷鳴の轟《とどろ》きまで聞こえそうだ。

フランコを見据えるその迫力と恐ろしさときたら尋常《じんじょう》のものではない。

少年が怯んだだけではない。

マーショネスの顔役もたじたじになった。

「見栄を張るのも大概になさい。ご苦労だった？　聞いて呆れるわね。それが仮にも息子の命の恩人に向かって言う台詞？　あなたにとってクリスはその程度の値打ちしかない息子なのかしら？」

「ジンジャー……！」

気圧《けお》されたフランコは狼狽して悲鳴を上げたが、ジンジャーは容赦《ようしゃ》しなかった。

「この人にお礼を言うのよ。今、すぐに！　さあ！　ぐずぐずしないで！」

少年が呆気にとられている。

実はヴァンツァーもちょっと眼を見張った。

こんなに叱《しか》り飛ばされたら礼の言葉が引っ込んでしまいそうだが、フランコはごくりと喉《のど》を鳴らして、ぎくしゃくした足取りで進み出た。

ヴァンツァーの顔を正面から見つめて言った。

「ありがとう」

「…………」

「どんなに感謝しても足らん。息子を助けてくれて、わしのところへ息子を無事に連れて帰ってくれて、あんたにどう酬《むく》いたらいいのか……」

いつもは睨みを利かせている眼に涙をにじませて、フランコは震える声で繰り返した。

「このとおりだ。ありがとう」

「最初からそう言えばいいのよ」

どこまでも容赦のないジンジャーである。

「わたしからも警察に話を通すけど、ミゲル、後のことはあなたに任せるわ。——いいわね？」

「わかっとる。あんたにも、まして息子の恩人には決して迷惑は掛けん」

「もう一つ、あなたはそろそろ引退して、クリスと過ごすことを考えなさい。後はレオに任せればいい。彼なら立派にフランコ一家を支えてくれるはずよ。それより、あなたたちは二人きりの家族なんだから、もう少し一緒にいる時間を増やしたほうがいいわ。とりあえず二人で旅行なんかしてみたらどう？」

少年が嬉しそうに顔を輝かせたところを見ると、この父子にはそういう思い出がほとんどないらしい。

「あなたもよ。クリス。わたしに求婚する前にもう少しお父さんと話し合うことね。——行きましょう、ワルター」

ジンジャーに続いて踵《きびす》を返したヴァンツァーは、最後に少年に釘を刺した。

「今夜のことは何もなかった。それでいいな？」

「はい。——ありがとうございました」

少年ははっきりした口調で言い、ヴァンツァーに向かって深々と頭を下げた。


ジンジャーは地下に車を待たせていた。

彼女自身の高級車だ。二人が乗った車がゆっくり走り始めると、ジンジャーはさすがに疲れを覚えていたらしく、緊張から解放された深い息を吐いた。

「とんだ夜だったわね」

「ああ。なかなか忙しかった」

実際、一晩の労働としてはかなりのものだったが、ヴァンツァーの表情からそれは窺えない。

「犯人の男はどうして自殺したの？」

「最初から予定の行動だったらしい」

クリスティアーノから聞いた動機を話してやると、ジンジャーは何とも言えない顔で首を振った。

「──あらためてお礼を言うわ。あなたが気づいてくれなかったら、今夜のうちにあの子を助けてくれなかったら、あの子は殺されていた」

「友達のお願いは聞くものなんだろう？」

　真面目に言うヴァンツァーに、ジンジャーは眼を見張って、小さく吹き出した。

「律儀な人ね、あなた」

「ここではそういうやり方なのかと思ったまでだ。違うのか？」

「いいえ、違わないわ」

　ジンジャーは笑って、話を変えた。

「わたしの主演作を見ている途中だって、デジーに言ってたけど、あれは本当？」

「ああ。『ブルーベリー』までは見たな」

　すると、ジンジャーは眉間に皺《しわ》を寄せて、考える顔になった。

「……ずいぶん古いわねえ。監督は確かミックよね。どんな話だったかしら。覚えていないわ」

「自分の主演映画なのにか？」

「それはそうよ。確か三十年代の作品でしょう？五十年も経ってみなさい。出たことは覚えていても何を演《や》ったかなんて忘れちゃうわよ」

「それならデビュー作も覚えていないのか？」

「いいえ。あれは覚えているわ。ジェニファーね」

「作品自体はひどい出来だったが……」

「でしょう？　監督と衝突したことも覚えてるわ。駄作もいいところよ」

　そう言うジンジャーは楽しそうだった。

「戦闘機や機甲兵なんかどれも同じに見えるけど、ジェニファーには見分けられる。あの時は一生懸命、型式や性能を覚えたわ。覚えさせられたんだけど」

「誰か講師役がいたのか？」

「ええ。わたしといくつも違わないのに、とっても生意気で態度の大きい、えらそうな女性兵士がね」

　悪戯っぽい口調のジンジャーに、ヴァンツァーは少し間を開けて答えた。

「その女性兵士はもしかして、燃えるような赤毛で恐ろしく身体が大きかったりするのか？」

「するわね」

デビュー当時からの知人だとすると、二人は実に六十年近いつきあいということになる。

うち四十年、ジャスミンが眠っていたとしてもだ。

残念ながら、あの子どもがどんなに張り切っても太刀打ちできそうにない。

やれやれと思いながらヴァンツァーは言った。

「あの子どもがな、俺たちの結婚式には呼ばないでほしいと言っていたぞ。今はまだ、心から祝福する自信がないんだそうだ」

ジンジャーの顔に複雑な苦笑が浮かぶ。

その顔を見れば、彼女があの少年の身体のことを知っているのは明らかだった。

「今は——ね。そうかもしれないわね」

「あと二年の命だと本人は言っていたが……」

「ええ。クリスはそう思っているわ。ミゲルもね。だけど、諦めるのはまだ早いわ」

決して気休めではない口調でジンジャーは言った。

「あの子はまだ元気で生きているんだから。新しい薬も開発が進んでいる。ただ、あの子の身体に合うものでなければ意味がないだけで、本当に時間との戦いなのよ」

「間に合う確率は？」

「わからない。五十パーセント以下かもしれない。一パーセントもないかもしれない。だからミゲルもクリスも過度な期待はしないようにしているのよ。もう何度も期待して裏切られているから……それがあの人たちなりの自衛手段なのかもしれないわ」

「あんたは間に合うと信じているんだな？」

「当然よ。あなたは言ったわね。少年はいずれ男になるって。その通りだわ。クリスもそうならなきゃいけないのよ。あの若さで本当の恋も知らずに死ぬなんて、そんなことがあってはいけないの。笑ってわたしの結婚式に出席できるだけの男にならなきゃいけないのよ」

強い口調だった。

その菫の眼差しはまっすぐ前を見つめていた。

未来をだ。

その未来が現実のものになるかどうか、今はまだ誰にもわからない。

ジンジャーは悲観的な少年やその父親に代わって、誰よりも強くその未来を信じているようだった。

だから、ヴァンツァーも慎重に言っていた。

「そうすると、あの子どもが成長して昔の想い人を祝福できる男になったら、その時、俺の身体も今と同じくらい成長していたら、あらためて結婚相手に立候補したほうがいいのか？」

ジンジャーは驚いたようだった。

思わずヴァンツァーを見つめて、くすりと笑った。

「そのお気持ちは嬉しいけど、お断りよ」

「なぜ？」

「簡単よ。——わたしはわたしを愛していない男と結婚する趣味はないの」

今度はヴァンツァーが眼を見張った。

まじまじとジンジャーを見つめているので、当然、ジンジャーが不思議そうな顔になる。

「なあに？　何か変なことを言ったかしら？」

「いや……、それなら確かに俺には資格がないなと思っただけだ」

「でしょう？」

車がホテル・パレス前に泊まった。

ジンジャーはこの最高級スイートを取っている。

ヴァンツァーもそこで車を降り、別の車を拾って、荷物の置いてあるホテルまで戻るつもりだったが、ジンジャーは呆れたように言ったものだ。

「すぐ眼の前にスイートルームがあるのに、ここで帰るっていうの？」

「………」

「あなたの服はチッチョの店から運ばせてあるから、泊まっていってちょうだい」

「…………」

「お願いを聞いてくれた友達にはお礼をするものよ。これは決まりじゃないわ。わたしがそうしたいのよ。あなたのしてくれたことに心から感謝しているのに、このまま帰すなんてできないわ」

「…………」

「明日は日曜でしょう。夜までに向こうに戻るなら夕方までは時間が空いてるわね。わたしもよ。明日一日、今度は本当にわたしにつきあってほしいの」

「…………」

「それともわたしとデートするのはいやかしら？」

「いやではないな」

ずっと黙っていたヴァンツァーがようやく答え、そんな彼にジンジャーは苦笑を禁じ得ないでいる。

「こんなに口説くのが面倒な男の人は初めてよ」

「お互いさまだ。たいていの女は何を考えているか、見ればわかるんだが……」

ヴァンツァーは訝しげに首を傾《かし》げながら言った。

「あんたは何だか……未だによくわからない」

「女にとっては最高の誉め言葉だわね」

二人は腕を組んで、本物の宮殿のようなホテル・パレスの昇降機に向かって歩いていった。


月曜の朝、レティシアが寮の食堂に降りてみると、そこにはちゃんと高校生の姿のヴァンツァーがいて、一人で朝食の最中だった。

「おはようさん」

「ああ」

学校の違う二人だが、この頃では顔を合わせれば、このくらいの挨拶は交わす。一人でいるのを見たら席を同じくして食事するくらいはしている。

まだ朝の早い時間なので、食堂に他の寮生の姿はほとんどない。

それでも、二人とも一昨日のセントラルの一件を持ち出したりしなかった。黙々と食事をしていたが、ヴァンツァーが不意に思い出し笑いを浮かべた。

見咎《みとが》めたレティシアが顔をしかめる。

「何だよ、気味悪《わり》ぃな」

「いや……」

ヴァンツァーは首を振り、今度は本当に楽しげに微笑した。

「俺はどうやら生まれて初めて女に振られたらしい。なかなか新鮮な体験だと思ったらおかしくなった」

レティシアは呆れて言った。

「おまえなあ、そこで喜ぶなよ」

「そうか?」

「当然だろ。普通は女に『ごめんなさい』されたら、落ち込むもんだぜ」

「ごめんなさいとは言われなかったな。少しばかり難しい条件をつけられただけだ」

「どんな?」

「成り行きで結婚を申し込んだ。今すぐにではない。俺の身体が元通りに成長した後の話だが……」

「おお、一気に行くねえ。——で?」

「ところが、結婚するためにはあの女を愛さないといけないんだそうだ」

大真面目に言って、ヴァンツァーは一人頷いた。

「それが難しい」

さぞかし呆れ果てるかと思いきや、レティシアは大いに納得して頷いたのである。

「そりゃあ、下手な『ごめんなさい』より厳しいな。おまえには大変な課題だわ」

「俺もそう思う」

また一日が始まる。

朝食を済ませたヴァンツァーは教科書を抱えて、いつものように登校していった。

怪獣の宴

ジャスミンはクーア財閥本社の会長室にいた時、その記事を眼にした。

『ブライトカーマイン、いよいよ初日迫る！』

関連する記事を拾ってみたところ、ジンジャーが久しぶりにある大物演出家と組んだ作品だという。

彼女の舞台はいつでも注目されているが、今回はとりわけ期待されているらしい。公演日程と場所を何気なく眼で追ったジャスミンはちょっと考えて、主演女優本人に連絡して訊《き》いてみた。

「今度の『ブライトカーマイン』という芝居《しばい》だが、マーショネスのアレクシス劇場とは、わたしが前に観に行ったところか？」

記憶を探ってジンジャーも頷《うなず》いた。

「そうよ。良く覚えていたわね。もうずいぶん昔になるはずだわ」

「四十五年前だぞ。あの劇場はまだ現役なのか？」

「ええ、今ではセントラルで一、二を競う歌劇場よ。わたしがやるのは現代劇だけど」

「そうか……」

ジャスミンはちょっと考えて言った。

「その芝居、席は余ってないかな？」

「あなたが観に来てくれるならいつでも用意するわ。——だけど、いいの？　悲恋物よ」

ジャスミンには不得手な分野だと知っていたので、ジンジャーはわざわざ断ったのだが、ジャスミンは笑って首を振った。

「演目はこの際、何でもいいんだ。四十年を眠って過ごすと昔と変わらないものが懐しく見えるのさ」

「いやだ。それじゃあ舞台を観に来てくれるのか、劇場を見に来るのかわからないじゃない」

「もちろん観比べにいくんだ。わたしは四十五年前、あの劇場でおまえの演技を実際に観たんだからな」

この挑発にジンジャーはきらりと眼を光らせた。

「そこまで言われたら引き下がれないわね。いいわ。

ぜひ観に来てもらいましょう。あなたの覚えている昔の自分になんか負けられませんからね」

ジャスミンも笑ったが、一つ条件を付けた。

「初日と楽日は避けてくれ。中日《なかび》もだ。どうせなら、そうだな——千秋楽の前日がいいな」

通信画面のジンジャーは苦笑を隠さなかった。

「張り合いのない人ねえ。普通は楽日が観たいって言ってくれるものでしょうに」

「そうしたいのは山々なんだが、その日はおまえも打ち上げで忙しいだろう？　わたしはその席に顔を出すわけにいかないからな」

なるべく目立ちたくないんだというジャスミンに、ジンジャーは呆《あき》れたような眼を向けた。

「無駄ね。あなたならいつどこにいても目立つわよ。第一わたしが用意するのは舞台袖《そで》の総支配人専用の特別席ですからね」

「ありがたいが、もう少し普通の席はないのか？」

「それはありがたいことにとっくに完売してるの。総支配人には悪いけど、あなたのために貸し切るわ。——もちろん、ご主人の分もね」

「支配人に恨《うら》まれそうだが、わかった。ありがたくちょうだいしよう」

ジャスミンは苦笑して、思い出したように尋ねた。

「ものは相談だが、マーショネスで夜会服を誂《あつら》えてくれる店を知らないか？　当日の髪や化粧も込みで引き受けてくれればなおありがたい」

これにはジンジャーが驚いた。

「どうしたのよ、珍しい」

「たまにはな。そんな席なら、ちゃんとした格好で出向いたほうがいいだろう？」

「ジェム、本当にわかってる？　あなたが正装してご主人と連れだって来たらすごいことになるわよ」

ジンジャーの懸念《けねん》はもっともだが、ジャスミンは堂々と反論した。

「舞台袖の特別席に入るだけでもいやでも目立つ。どうせ目立つならとことん目立ってしまうべきだ」

いかにもこの人らしい豪快な理屈にジンジャーは吹き出した。自分もよく衣裳を頼むという腕利きのデザイナーの連絡先を教えて、嬉《うれ》しそうに微笑した。

「期待して待ってるわ」

ジャスミンはさっそく別行動中の夫に連絡を取り、一緒にジンジャーの舞台を観に行こうと誘った上で、こう言った。

「まだ時間はあるからな。服を新調してくれ」

ケリーは訝《いぶか》しげな顔になった。

来年の予定までびっしり埋まっていた昔と違って、今の彼らは至って気楽な日々を過ごしている。

だから芝居見物に行くことに異存はないのだが、この注文には首を捻《ひね》った。

「新調するのは俺の服か？」

「当たり前だ。わたしの服はわたしが自分で誂える。特別席を譲ってくれるそうだから、少しは見られる格好で行かないと失礼だぞ」

「正装しろってか？　面倒くせえな……」

「いいじゃないか。あらたまった席には一着あると便利だぞ。おまえ、若くなってから一着もつくってないだろう」

「もともと苦手なんだよ。ああいう堅苦しいのは。ジンジャーの芝居ならあんた一人で行ったらどうだ。そのほうが彼女も喜ぶぜ」

「あのな、海賊」

ジャスミンはにっこり笑って言った。

「わたしはドレスアップした妻を一人で劇場に送り出すような甲斐性《かいしょう》なしと結婚した覚えはないんだ。第一、久しぶりにデートしないかと夫を誘っているところだというのに、何か不満でもあるのか？」

ジャスミンの意図を悟ったケリーも笑顔になって、おもしろがって答えた。

「滅相もねえよ。そういうお誘いなら大いに結構だ。——しかし、急にまたどうした？」

ジャスミンは大真面目に夫に言い諭《さと》した。

「忘れているのかもしれないが、わたしはこれでも女だぞ。たまには立派に装った夫の姿が見たいんだ。ついでに言うなら、その夫はこんなにいい男だって、たまには人に見せびらかしたくなるのさ」

「俺の台詞《せりふ》を取るなよ」

ケリーも顔だけは真面目に言い返した。

「それなら俺もあんたを見せびらかすことにしよう。服をつくるならそっちに合わせなきゃならんが――あんたはどんなものを新調するんだ？」

若者同士のデートと違って夫婦は一緒に動くのが前提である。釣り合いを取るためにも、妻の衣裳を確認しておくのは当然の配慮である。

まして百九十センチを越すジャスミンの体格では、既製の女性服を着るのはまず無理だ。

しかし、ジャスミンもケリーに負けず劣らず着るものには無頓着《むとんちゃく》な人である。

「まだ決めてないんだ。店の人間と相談してみるが、理想を言うならあくまで品位は損なわず、なおかつ華やかに――そんなところかな？」

桁外《けたはず》れの女王と長年つきあっている規格外の夫は悪戯《いたずら》っぽく笑って提案した。

「だったら色は金《ゴールド》にしろよ」

「金のドレス？　派手すぎないか？」

「問題ない。あんたが着れば普通に見える」

さすがにこの夫は妻のことをよくわかっている。

そしてても夫をおまえ呼ばわりするジャスミンも、根は気のいい女性だった。自分を飾ることに興味はないが、夫の希望を無下《むげ》にしたりはしない。

「わかった。金だな？」

「おう。なるべく派手にしろよ。あんたならそれでちょうどいい。――楽しみにしてるぜ」

そう言われてはますます期待を裏切れない。

紹介してもらったデザイナーに連絡して、衣裳の新調と組み合わせ《コーディネート》を頼むと、既にジンジャーが話を通してくれたようで、飛び込みの予約にも拘《かか》わらず、下にも置かぬもてなしだった。

翌日さっそく、ジャスミンは打ち合わせのためにマーショネスへ出向いたのである。

指定された事務所は細い通りに建つビルの三階にあった。目立たない建物だが、実はここは知る人ぞ知る流行の発信地である。

服の注文を受ける事務所の他にも衣裳に合わせた小物や靴《くつ》、高価な宝飾品も取り扱っており、髪形や化粧、手足の爪《つめ》まで調える美容室もある。

「ようこそお越しくださいました。ミズ・クーア。ご衣裳を担当致しますマルセル・ピノです」

自己紹介したデザイナーは四十絡みの男だった。

中背痩軀《そうく》、ものやわらかな物腰ながら張りのある声とよく輝く眼をして、大柄《おおがら》なジャスミンを臆することなく見上げてくる。

事務所には彼の作品の写真が何枚も飾ってあった。着ているのはほとんどが有名な女優だろう。

もちろんジンジャーの写真もある。それを見ても、やたらと冒険的な意匠《デザイン》を押しつけるほど若くはなく、手慣れた手法に固執するほど老いてもいない。

それらの写真とピノの表情を見て、ジャスミンもこれなら任せても大丈夫だと判断した。

ピノも、これはまた非常に腕の振るいがいのある客が来たものだと武者震いしながら、笑顔で尋ねた。

「今回のお召し物はどのようなご意向でしょう？」

結婚式のような華やかなものか、授賞式のようなあらたまったものか、それだけでもずいぶん違う。

ジャスミンはあっさり答えた。

「目的は二つ。ジンジャーの舞台を観に行くことと、夫とのデートだ」

「かしこまりました。何かご衣裳について具体的なご希望はございますか？」

「わたしにはないが、夫は金《ゴールド》がいいと言っていた。なるべく派手にしろと言うんだが、どうかな？」

強すぎるくらいの個性を放つジャスミンの眼と顔、百九十センチを超える豊かでいながら引き締まった体軀《たいく》を見て、ピノはおもむろに頷いた。

「実に確かな眼をお持ちのご主人です」

一口に金と言ってもいろいろある。

クリームや象牙色《アイボリー》やベージュのような薄い色でも少し金銀《ラメ》が入っているだけで金色《ゴールド》と言われてしまいかねないが、この人にそんな『ささやかな金色』は絶対に似合わない。やるからには徹底的にだ。

装飾品もうんと思い切った大胆なものがいい。

少なくとも真珠のような大人しいものではだめだ、間違いなく負けてしまうだろう。本来なら金剛石《ダイヤモンド》が最高の輝きだが、本人と衣裳がこれだけ派手だと、無色の金剛石をただ合わせるのもつまらない。

ジャスミンは衣裳だけでなく靴や装飾品、当日の髪や化粧に至るまで（ついでに代金も）『任せる』と丸投げしたので、店の人間は大いに張り切った。

ピノは純金のような濃厚な光沢と綾《あや》を持つ生地を念頭に置いて大胆なデザインを描き、当日の髪型を決めた。スタイリストはそれを参考に踵《かかと》の高い靴を選び、特徴的な髪飾りと大ぶりの首飾りと耳飾り、指輪に太い腕輪まで合わせた。

今時これだけの装飾品を一度に身につける女性はまずいない。しかも、そのどれもが十八金に色とりどりの宝石を嵌《は》め込んだ極めて豪奢《ごうしゃ》なものである。

誰にでもこなせる品ではないが、ジャスミンにはよく似合うはずだった。

当日、ジャスミンは前線に赴《おもむ》くような意気込みで、まずは美容室から攻略に掛かった。ここできちんと眉《まゆ》を調え、髪を結い上げ、化粧も完璧《かんぺき》にしてもらい、その間に長い爪をつけ、最後に仕上がったばかりの衣裳と華奢《きゃしゃ》な靴、装飾品の数々を身につけた。

考えてみれば金色のドレスは着たことがない。

クーア財閥総帥だった頃、招かれるのはほとんど政財界のパーティだった。そうした場所ではあまり奇抜な衣裳は歓迎されないからだ。

しかし、実際に着てみると、大柄なジャスミンの体軀と印象的な真っ赤な髪によく映えている。

化粧はあえてくっきりとつくり、普通の女性では豪華すぎて浮いてしまう色石を散りばめた髪飾りも装飾品もジャスミンの肌には不思議と馴染《なじ》んでいる。

肖像写真《ポートレート》の女優たちに勝るとも劣らない堂々たる女性像ができあがった。

ピノも、髪型や化粧を担当したスタイリストも、この出来映えには商売抜きに満足して絶賛した。

「お客さまでなければ身につけられないお品です」

ジャスミンも鏡の中の自分を珍しそうに眺《なが》めて、装飾品で重くなった頭に気をつけながら頷いた。

「それはわたしもそんな気がする。この頭にしても飾りにしても普通の女性には派手すぎるだろう」

「はい。特注のお品ですが、お客さまにはたいへんお似合いです」

その言葉に嘘《うそ》はなかったし、出来映えに満足しているのも本当だったが、ピノには別の心配があった。

少しばかり大胆につくりすぎたかと思ったのだ。

衣裳に見合う踵の高い靴を履《は》かせてしまったので、大きな身体がさらに大きくなっている。かといって身長を気にして踵の低い靴を履かせたのでは全体の釣り合いが悪くなってしまう。

そんな『妥協』はピノの誇りが許さなかったのだ。

結果として今のジャスミンはまさに女王のような貫禄《かんろく》と威厳を備え、見る者を圧倒している。

並みの男ではとても釣り合わない。それどころか、この女性の足元にも近寄れまい。

そしてピノはまだこの女性の夫を見ていない。

そこが不安だったのだ。

男の見栄えに容姿や身長はあまり関係ない。現に財界の大物や文化人の中には自分より二十センチも背の高い女性を連れて堂々と歩く男たちがいる。

彼らを彼らたらしめているものは外見ではなく、『自ら築いた地位』なのだ。

それがもたらす自信や誇りでもある。

客の詮索はしないのがこうした商売の鉄則だが、この際どんな醜男《ぶおとこ》でも小男でもいいから、せめて誇りだけは備えた男であってくれと、自分の作品が台無しにならないためにもピノは切に願った。

ジャスミンの身支度《みじたく》が済むのを見計らったように、その夫がやって来た。

「女房はいるかい?」

出迎えた受付の女性は絶句してしまった。

最近はすっかりくだけた服装が多いケリーだが、今日は彼も完璧に決めている。いつもはろくに櫛《くし》も当てずにあちこちに跳ねっぱなしの頭髪も、今日はきちんと撫《な》でつけて、格段に男ぶりが上がっている。

それでなくとも、もともとが男前なのだ。加えて、その長身と圧倒的な存在感は見る人の度肝《どぎも》を抜く。

受付の女性は呆気《あっけ》にとられて、ぽかんとケリーを見上げていた。

「女房のジャスミンだ。ここにいるはずなんだが、違ったか?」

「は、はい! あの……奥にいらっしゃいます」

喘《あえ》ぐように答えたものの、彼女は茫然《ぼうぜん》とケリーの後ろ姿を見送った。

彼女ばかりではない。店の人間は一人残らず息を呑《の》む羽目になった。

予想を遥かに上回る立派な夫の登場に、男性服は専門外のピノまでが眼を見張っている。

本職の男性モデルと比べても遥かに背が高い。

二メートルに近い身長でこれほど優雅に色っぽくディナージャケットを着こなす男は見たことがない。

ジャスミン一人だけでも他を圧倒する迫力なのに、隣にこの男に並ばれてしまってはもはや声もない。

出てくるものは感嘆の吐息だけだ。

金色のドレスを着たジャスミンは夫の姿を眺めて、満足そうに頷いたのである。

「うん。いい男だ」

「あんたもな。ものすごいど迫力だ」

「誉《ほ》め言葉か、それは?」

「素直に感心してるんだぜ。本当に似合ってるよ。

——こうしてみると、前の時は精一杯おとなしめにつくってたんだと実によくわかる」

ジャスミンもかつての衣裳担当者の努力や苦労を思い出して、複雑な微笑を浮かべた。

「確かに、その点は否定できないな」

この時、店の人間の一人がそっと声を掛けた。

「お客さま。これを……」

スタイリストがケリーに差し出したのは、金色のポケットチーフだった。

「奥さまの衣裳の共布でつくってあります。本日はご観劇とのことですので、よろしければどうぞ」

ケリーは喜んで、胸のチーフをそれと換えた。

「気が利くな。さすがにジンジャーの懇意《こんい》の店だ」

「ああ、世話になったな」

恐ろしく大柄な二人が腕を組んで颯爽《さっそう》と去るのを、店の人間は最敬礼で見送った。

車から降りて劇場の関係者入口で名前を告げると、チケットを渡された。

ジャスミンは懐かしそうに辺りを見渡している。

「ほとんど昔のままだな」

「前に来たことがあるのか？」

「ああ。世間の時間ではかれこれ四十五年前になる。——おまえは？　来たことがあるのか」

ケリーは記憶を辿《たど》って複雑な顔になった。

「確か……十四年前かな。改修後のお披露目《ひろめ》とかで、当時の市長と一緒に歌劇《オペラ》につきあわされた。二度と来ることもないと思ってたんだがな……」

クーア財閥総帥ともなると、そうした文化活動も避けては通れない業務の一つなのだ。

「楽しめなかったのか？」

「それどころじゃねえよ。寝ないようにするだけで必死だったんだぜ」

市長とクーア財閥総帥のお越しとなれば、劇場の総支配人が接待に着くのはもちろん、秘書や社員やその他大勢の関係者が周囲を固めているわけだから、ますます鑑賞どころではない。

ジャスミンも以前は同じ体験をしたことがある。

演目によっては楽しんできたが、今はその時とは状況が違う。煩《わずら》わしい連れも接待相手もいない。

自分たち二人きりだ。

夫の腕に自分の腕を絡めてジャスミンは笑った。

「いいじゃないか。今日は仕事じゃないぞ。純粋に楽しみに来たんだ。それとも、わたしとのデートが楽しくないとは言わないだろうな？」

ほとんど脅迫《きょうはく》だが、ケリーも声を立てて笑った。

「そんな恐ろしいことを言うつもりは毛頭ねえよ」

この二人が腕を組んで登場すると、どんな要人も霞《かす》んでしまう。

関係者用の入口は正面のロビーと違い、それほど人気はなかったが、それでも、その場にいた人々は絶句して二人を見送ったのである。

劇場の中に入って係の人間にチケットを見せると、席まで案内してくれた。

特別席の前にはその席専用の小部屋が用意されて、外套《がいとう》を掛ける専用クロークまである。

扉を開けて中に入ると、箱形の空間の中に椅子が二つ並んでいた。本当はもっと大勢の人が入れるが、今日は贅沢《ぜいたく》な貸し切りだった。

舞台も客席も一望できるすばらしい眺めである。

開演まで後五分。椅子の具合をちょっと直して、席に落ちつけば、後は幕が上がるのを待つばかりだ。

ところが、楽な姿勢になったはずのジャスミンが何とも言えない表情で隣の夫に囁《ささや》いた。

「海賊……。わたしの気のせいかな。何やら非常に怖いものが見える気がするんだが……」

「やっぱりあんたにも見えるか？」

ケリーも声を低めて囁いた。

この特別席は舞台もよく見えるが、一階の客席も丸見えだ。明るい舞台とは対照的に客席は暗いが、人の皮膚《ひふ》に照明が反射して顔だけはよく見える。

それを別にしても、二人の眼にはそこだけ特別な照明が当たっているように見えた。

どこにいても何をしていても、自然と人目を惹《ひ》きつけてしまう人がいる。

それがうら若い絶世の美女となればなおさらだ。

実際、そのすばらしい美貌《びぼう》は素直に眼に楽しく、二つとない美術品を鑑賞するような心持ちにさせてくれるのだが、理屈でなく、その人が物騒な気配を放っているのが二人には感じ取れる。

何よりおかしいのは黒い天使が傍《そば》にいないことだ。

隣には礼服が板についていない若者が座っていて、うっとりと美しい人を見つめている。

正視に耐えない眺めだったが、ここから向こうが見えるということは、向こうからもこちらが見えるということだ。

緑の視線が確かにちらっと二人を見たと思うが、すぐに視線を戻し、それ以上の行動は示さなかった。

ケリーとジャスミンも互いにそっと目配せして、今は他人のふりに徹しようと暗黙のうちに了解した。

どのみち、いつまでも下を気にしてはいられない。

幕が開いてしまえば、そこは別世界だ。


役者陣も演出も最高の芝居だけあって、さすがに見応えがあった。演出も凝ったもので、展開も速く、ありがたいことに眠くなって困るということはない。

あっという間に第一幕が終わって休憩になった。

ジャスミンとケリーが特別席から出ようとすると、小部屋に待っていた係員が声を掛けてきた。

「ミズ・クーア。伝言《メッセージ》が届いております」

「ありがとう」

無地の封筒を受け取って開いてみると、不思議な言葉が書かれたカードが出てきた。

『左袖のボックス上。若い男』

この一文だけが印刷《プリント》されている。

差出人の名前もない。

首を傾《かし》げたジャスミンだった。

「この伝言を頼んだのはどんな方かな?」

尋ねると、係員は困惑顔になった。

「第一幕の途中に配達員が届けてきたものですので。依頼主まではわかりかねますが……」

「わたし宛てに？」

「はい。お二階席のミズ・ジャスミン・クーアにと。背の高い赤毛の方だと伺《うかが》いました」

「それなら確かにわたしだが……妙だな？」

念のため夫に見せてみると、ケリーも首を捻って、記憶を辿りながら呟《つぶや》いた。

「左袖のボックス上？　確か、ここと同じ特別席で、男ばかり三人だったはずだ」

それはジャスミンも何となく覚えていた。

どんな時でも周囲の状況を無意識に確認するのは軍時代からの癖《くせ》である。

舞台から見て右袖がジャスミンたちの席だから、左袖はジャスミンたちの向かいの席になる。

自分たちの正面にいたのは品のいい中年の男女で、その上が問題の席だ。

「育ちのよさそうな若い男――というよりは少年と言ったほうがいいような歳じゃなかったか？」

「ああ。ちゃんと礼服を着てたと思うぜ」

しかし、見たことのない顔なのは確かだ。

その若い男を指定するこの伝言が、ジャスミンは何だか気になった。

差出人は不明でも、伝言に書かれている若い男の身元を突きとめることなら難しくはない。

特別席に座っているのだから関係者の知人である可能性が高い。

「ジンジャーに訊いてみるか」

「今行くのかよ？」

「ああ。今のほうがいい。この衣裳も見せたいしな。芝居の後で顔を出したら捕まって帰してもらえなくなるかもしれないからな」

ケリーは笑って肩をすくめた。

「そういうことなら俺は遠慮しておこう」

ジャスミンは階段を下りていき、ケリーは二階のボックス席の観客が集まる特別なロビーに向かった。

ここには無料で飲物が用意されているバーがある。

正装した紳士淑女がそれぞれシャンパングラスや

ワイングラスを傾けながら、ちょっとしたお摘《つま》みと会話を楽しんでいる。

ケリーもその煌《きら》びやかな集団の仲間入りをしたが、そうしたら、そこで知った顔と出くわした。

これには驚いた。しかも、相手は普段とは似ても似つかない姿形をしていた。

前に会ったことがあるので咄嗟《とっさ》に見分けられたが、初めて見たなら誰だかわからなかっただろう。

相手もさすがに驚いたようだが、そこはお互いに尋常《じんじょう》ならざる人生を送ってきた者同士である。世間話を装って、何喰わぬ笑顔で話しかけたのはケリーのほうだった。

「噂《うわさ》に違わず見応えのある舞台でしたな。第二幕が楽しみです」

こういうところはさすが長年文化活動に従事した元クーア財閥総帥の面目躍如たるものがある。

相手も如才《じょさい》なく笑って言葉を返してきた。

「ジンジャーの舞台は初めてですが、さすがですね。演出も見事なものです」

「わたしも久しぶりですよ。しかし、彼女は初めて見た時から少しも衰えない。今日はお一人で?」

「ええ、残念ながら。——そちらは?」

「妻とですよ」

周囲の女性たちは気が気ではなかっただろう。

しかし、幸か不幸か、こうした場所に来る女性はたいてい男性と一緒である。まさか、自分の相手《パートナー》を放ったらかして話しかけるわけにはいかない。

それをいいことに二人はあくまで知らぬ者同士の話を続け、時間が迫ってきたのでバーから離れた。

傍に人がいなくなると、ケリーの口調はがらりと変わった。

「おまえと金色狼《おおかみ》がその格好ってことは、天使も来てるのか?」

「俺は見ていない。あれがいることを知っていたらここには来なかった」

二十代の姿のヴァンツァーは不機嫌そうに言って、

階段を上っていった。

この上にも特別席はある。そうすると彼の席からちょうど正面にあの三人の男たちが見えるわけだ。

そんなことを考えながらケリーも席に戻った。

第一幕と第二幕の間の休憩時間は、本来、楽屋の訪問に適しているとは言えない。

役者たちは次の支度にてんやわんやで、ゆっくり挨拶《あいさつ》などしている暇はないからだ。

楽屋入口にはもちろん守衛と係員が立っていて、不審者を警戒している。

素直に通してもらえるとは思っていなかったが、ジャスミンが出向くと、名前を言う前に堅い警備がたちまち緩《ゆる》んで、すんなり通してくれた。

どうやらジンジャーの『こういう人が来たら必ず通すように』というお達しが行き届いていたらしい。

主役のジンジャーは楽屋の中でも一番広い部屋を占領していた。部屋の中は贈られた花でいっぱいだ。

そこにはジャスミンより先にジンジャーを訪ねた少年がいた。

まだ若いのにきちんとしたタキシードに身を包み、頬《ほお》を紅潮させて第一幕の感想を述べている。

「本当にすてきでした。あなたの舞台は見るたびに完成度が高くなっていくようです」

熱心なファンがコネを利用して押しかけたのかと思ったが、少年を見るジンジャーの表情からすると、本当に親しいらしい。決して営業用ではない笑顔と優しい声で少年を促《うなが》した。

「ありがとう。さ、あなたはもう行ってちょうだい。また後でゆっくり話しましょう」

「はい」

振り返った少年は部屋の入口にいたジャスミンを見てちょっと驚いたようだが、礼儀正しく一礼して、ジャスミンの横を通りすぎて行った。

その顔を見たジャスミンは、おや？　と思った。

確実ではないが、ひょっとして今通りすぎたのが、

『左袖のボックス上、若い男』ではないかと思った。

一方、ジンジャーはジャスミンを見ると大喜びで声を掛けてきた。

「まあ、ジェム！　すごいわ！　すてきじゃない。さすがはマルセルね」

「ピノだけじゃない。あの建物の人間が総掛かりで化けさせてくれた。ここまでつくるのに二時間だぞ。足の爪にまで色を塗られたのは初めてだ」

ジャスミンは笑って、真っ赤に染められた爪先を突きだして見せた。

財閥総帥時代は真夏でも上品な服装が多かったし、サンダル履きでペディキュアを塗ることがあっても、ここまで派手な色を乗せたことはない。

「目立つだろう？　自分の足とは思えないくらいだ。昔はこんな大胆な格好はできなかったからな」

「あら、今のほうがあなたらしくていいわよ。変におとなしくつくるよりずっと似合ってるわ」

「おまえもな。昔より今のほうがいい出来だったぞ。二幕が楽しみだ」

「ええ、期待してちょうだい。あなたの覚えている昔のわたしには負けられませんからね」

話しながらもジンジャーは準備に余念がない。

手早く化粧を直している。

「今日は特別なお客さまが何人もいらしているから、わたしも演《や》りがいがあるわ」

「そういうものか？」

「もちろん。いい舞台はいい観客がつくるものでもあるのよ。——あなたも見たんじゃないの？」

笑いを含んだ声で言われて、ジャスミンも思わず微笑した。

「あれか？　何事かと思ったぞ。下を見たらまるで光の塊《かたまり》だ」

「ええ。驚いちゃうわね。舞台から見ても眩《まぶ》しくて。近くで見られないのが残念なくらいだわ。もう一人珍しい人が上にいるはずだけど、会わなかった？」

「誰のことだ？」

「見ていないならいいのよ」

「それより、今の少年は？」

「クリスのこと？　クリスティアーノ・フランコ。ミゲルの息子よ」

　そのミゲルがジャスミンにはわからなかったが、尋ねている暇はなかった。

　ジンジャーがジャスミンを急き立てたからだ。

「そのドレスを見せに来てくれたのは嬉しいけど、もう戻って。急がないと二幕の頭を見逃すわよ」

「それは困る。――邪魔したな」

　ジャスミンは高い踵が許す限り大股《おおまた》に闊歩《かっぽ》して、合図のベルと同時に座席にすべり込んだ。

　軽く息を整えながら（ここまで踵の高い靴は総帥時代には履いたことがないので、歩きにくいのだ）前を見てみると、上のボックス席から身を乗り出すようにしているのはまさしくあの少年である。

「海賊」

「何だ？」

「いや……後で話す」

　芝居の最中に内緒話はまずい。

　幕が下りたらケリーに言おうと思った。

　二幕に入るとジンジャーの演技はさらに円熟味と艶《つや》を増していた。

　背景のない舞台に一人きりで立っていても、その広さをまるで感じさせない。空間を支配する彼女の力が舞台の隅々にまで行き届いているからだ。

　やがて物語は最高潮に達し、恋人を失って悲嘆にくれる場面では、彼女の演技は芝居を超えた抜群の臨場感で観客の涙を誘ったのである。

　幕が下りると場内は拍手喝采《かっさい》に包まれた。

　観客は総立ちである。

　もちろんケリーもジャスミンもそれに倣《なら》った。

　特にジャスミンはすっかり感心して、惜しみない拍手を贈っていた。

「さすがだな。あの歳でよくあれだけ激しい演技ができるものだ」

「歳のことは言うなよ。怒られるぞ」

延々《えんえん》と続くカーテンコールが終わった後、二人はそれぞれ化粧室に立った。

先に用を済ませたケリーはロビーで待っていたが、ジャスミンがなかなか戻ってこない。

十分が過ぎたところで、ケリーもさすがに変だと思い始めた。

一階の女性用化粧室はごった返しているだろうが、二階のそれはボックス席専用だから、それほど混み合ってはいないはずである。

男の自分が女性用化粧室を覗《のぞ》くわけにもいかず、ケリーは女性職員を捕まえて頼んでみた。

「——妻が化粧室に行ったきり戻ってこなくてね。そんなことはないと思うんだが、もしかしたら中で具合が悪くなっているのかもしれない。すまないが、ちょっと見てきてくれるとありがたい。妻は赤毛で大柄だからすぐにわかる」

その職員は快《こころよ》く引き受けて歩いて行こうとして、思い出したように振り返った。

「どちらの方でしょうか？」

「何だって？」

「本日この階《フロア》に赤毛で背の高い女性のお客さまは、お二人いらっしゃいましたから。金のドレスと黒のドレスの。奥さまはどちらの方でしょう？」

「金のほうだ」

答えて、ケリーは思わず問い返していた。

「あんな大きな女がもう一人いたって？」

「はい。黒いドレスのお客さまもとても背が高くて、百八十センチ以上はおありでした」

なるほどそれならジャスミンほどではないにせよ、モデル並みの長身である。

化粧室を見に行った女性職員はすぐに戻ってきて、困惑顔で首を振った。

「この化粧室にはどなたもいらっしゃいません」

はてなと思った。

中にはいない。ロビーにも見当たらない。

階段は何カ所かあるから、自分に見咎《みとが》められずに一階に降りることもできるが、ジャスミンがそんな真似をする理由が思い浮かばない。

「館内放送でお呼び出し致しましょうか？」

「いや、その必要はない。行き違ったらしいな」

ケリーは何気ない様子で笑って見せた。

訝しく思いながらも、一応、一般客が集《つど》う一階のロビーに降りてみた。

ジャスミンがいるならわざわざ捜すまでもない。他の女性たちから頭一つ飛び出しているからだが、あの大きな姿はどこにも見当たらない。

代わりにケリーの肩を叩いた人がいる。

振り返ると、黒い天使が笑っていた。

「珍しいね、その格好」

そう言うルウも正装している。長いつきあいだがこんな格好を見たのは初めてで、ケリーも笑った。

「今までどこにいたんだ？」

「後ろの立ち見席。——そっちは二階？」

「ああ。金色狼の隣にあんな若いのを座らせといていいのかよ。今頃はもっと鼻の下を伸ばしてると思うよ。

「彼ね、今頃はもっと鼻の下を伸ばしてると思うよ。あの美人とお食事だから」

「あの若いの自身が主菜《メインディッシュ》にされなきゃいいがな。——おまえ、女房を見なかったか？」

「ううん。見てないけど？」

ルウは言って、あらためてケリーを見て微笑した。

「ほんと、すごく様《さま》になってる。ここで会えたのはちょうどよかった。手伝ってくれないかな？」

「悪いが、この後は女房と食事の予定なんだ」

ケリーは言って、あらためて辺りを見渡した。

「なのに、その女房が見つからない。まさか、俺を忘れて出て行ったってことはないだろうが……」

ルウが吹き出した。

「こんなに男前のご主人を置き去りにして、一人でご飯を食べに行く人はいないでしょう？」

「だといいんだがな……」

ケリーの心配は半分は当たっていた。

その頃、ジャスミンは既に劇場にはいなかった。


ジャスミンが化粧室で手を洗っている時のことだ。

後から入って来た女性が鏡に映り、ジャスミンは何気なくその姿を見て、ちょっと眼を見張った。

黒いドレスを着たその女性は自分より少し年上で、自分とよく似た燃えるような赤毛をしていた。

顔立ちは全然違う。細面《ほそおもて》の美人で、眼は青く、体つきもずっと細いが、際立って背が高い。

何センチの踵《ヒール》を履いているかにもよるだろうが、百八十五センチ以上——百九十に近いかもしれない。

ジャスミンも靴のせいで二メートル近くになってしまっているから、今の自分と十センチしか身長の違わない女性とは珍しいと思いながら手を乾かして、振り返ったら、その女性がジャスミンの前に立って、まっすぐ銃口を向けていた。

呆気にとられた。


自分の油断を責めるより、まさかこんなところで、こんな相手に銃口を突きつけられようとは予想外で、ジャスミンはむしろ不思議そうに尋ねていた。

「何の真似かな？」

「動かないで。——伝言を見たわね？」

淡々と話しているが、女性の構えには隙がない。

その眼の光と女性の姿形をまじまじと見つめて、ジャスミンは確認するように言っていた。

「あれはもしかして……そっち宛てだったのか？」

女性はかすかに舌打ちした。ショールを手の上に掛けて、銃が見えないようにする。

「鞄《かばん》を貸しなさい」

ジャスミンは小さなパーティバッグを持っていた。

これもピノの店で調えてもらったもので、衣裳に合わせた豪華な金糸と金属片で飾られている。

ジャスミンが素直にそれを渡すと、女性はざっと中を調べた。端末の電源を切って自分の鞄に入れ、パーティバッグはジャスミンに返して言った。

「一緒に来てもらうわ」

「わたしに何の用がある？」

「来ればわかるわ」

銃口をちょっと動かして歩くように促してきたが、ジャスミンは平然と尋ねていた。

「その前に夫に断っていってもいいかな。これから食事の約束なんだ。遅れると申し訳ない」

その言葉は無視して女性は言った。

「あなたが大人しくしていれば撃たない。騒いだら……わかるわね？」

「わかるが、ロビーに出たら夫に見られるぞ。逃走経路は確保してあるのか？」

銃口を突きつけられた人間が言う台詞ではないが、女性は冷ややかに笑った。

「話が早くて助かるわ。裏の階段から下りるのよ。早く行って」

「その前に聞きたいが、そちらの名前は？」

「…………」

「ひょっとしてジャスミン・クーアというのか？」

「…………」

「当たりか？」

これは困った。

この少し小さなジャスミンが銃器の扱いに慣れているのは見ればわかる。

加えて、あの伝言。

一緒に来いという要求にジャスミンが従ったのは、撃たれるという恐怖感からでは間違ってもない。

一つは成り行きに興味があったからだ。

もう一つは、もし自分の想像が当たっているなら、ここはついていったほうがいいと判断したのである。

銃口を突きつけられて脅《おど》されているとは思えない足取りでジャスミンが下に降りると、ロビーはまだ出口を目差す観客でごった返していた。

少し小さなジャスミンの背後に張りついている。

ジャスミンは不自然に見えない程度に、
並外れた長身の二人は観客の頭を見下ろしながら、

雑踏に紛《まぎ》れて劇場の外に出た。

街はすっかり夜の風情に変わっていた。

イルミネイションが華やかに通りを彩っている。

一台の車が走ってきて、少し小さなジャスミンの前で止まった。

無人タクシーではない。人間が運転する車だ。

ごく普通の目立たないセダンである。

女性は後部座席に乗るようにジャスミンを促し、自分も乗り込んだが、驚いたのが運転手の男だった。眼を丸くして振り返った。四十くらいか、あまり気の利いた男には見えない。

「何だ、この女は?」

「車を出して」

「冗談じゃあねえ。こんな女を兄貴たちのところに連れて行けるわけがねえだろう」

「あんたと話をしている暇はないの。さっさと車を出しなさい」

男はひどく不満そうな顔だった。

少し小さなジャスミン一人を迎えに来たはずが、大きなジャスミンまでついて来たことに動揺して、苛立ち混じりに吐き捨てた。

「どうなっても知らねえからな」

少し小さなジャスミンは答えなかった。

落ち着き払って、依然としてショールの下の銃で大きなジャスミンを狙っている。

なかなか油断のない構えだった。

銃で狙われていては大の男でも大人しくせざるを得ない、ましてイヴニングドレス姿の女性では手も足も出せないはず——と彼女は考えているのだろう。

実際、ジャスミンは至って大人しくしていた。

黙って外の景色を見つめていた。

走り始めてすぐに、車は繁華街を離れた。

不夜城のような灯りがみるみる遠ざかっていく。

このまま郊外に出るのかとジャスミンは思ったが、車はそれほど長くは走らなかった。

およそ十分ほど走っただけで停止した。

しかし、外に広がる光景は、先程までの華やかな街並みとはまったく様子が違っていた。

まず暗い。街灯の数が圧倒的に少ないのだ。

その灯りにかろうじて浮かび上がる建物はどれも古びて荒れている。窓の灯りも数えるほどしかなく、人の気配はほとんどない。中には窓硝子《がらす》も割れて、本物の廃墟《はいきょ》と化した建物も少なくない。

ゴーストタウンと言うにふさわしい眺めだった。

実際にはまだいくらか住人が残っているようだが、それがなおさら侘びしさを募《つの》らせている。

大都会のマーショネスにこんなところがあるとは意外だが、恐らく隣接する地区の開発が急激に進み、その結果、忘れ去られ、打ち捨てられた一角なのだ。

車が止まったのは灯りの消えたビルの前だった。

ここはまだちゃんと窓がはまっている。

最初に運転手の男、次が銃で脅されたジャスミン、最後に黒いドレスの女性という順番でビルに入った。

動力もまだ生きていて、昇降機で三階に上がると、短い廊下の先に頑丈そうな遮蔽扉《しゃへい》があった。

男が照合鍵を取り出して遮蔽扉を開けると、その向こうには完全な別世界があった。

高い天井には見事なシャンデリアが眩《まばゆ》いばかりに煌々《こうこう》と輝き、床には最高級の絨毯《じゅうたん》が敷かれている。

広々とした室内に革張りの長椅子と高級木材の机、他にもさまざまな調度品が並んでいる。荒れ果てた外観とは似ても似つかない豪華な部屋だった。

部屋の中には男が二人いた。

一人は五十年配、もう一人は三十七、八だろうか。

二人とも見るからにまともではない人種である。

ジャスミンを見て、若いほうが言った。

「何だ、その女は?」

「へい、それが、その……」

運転手の男がぺこぺこと頭を下げて、忌々《いまいま》しげに少し小さなジャスミンを見る。

五十年配の男も少し小さなジャスミンに眼をやり、脅すような口調で言った。

「仕事はちゃんと済ませたんだろうな？」

「それはこっちの言いたい台詞よ。あたしは指示を受け取ってないわ」

「何だと？」

男たちの顔色が変わった。

「どういうことだ、ダリア！」

「それじゃあてめえ、仕事はどうした⁉」

ダリアと呼ばれた女が答える前に、ジャスミンは真顔で頷いていた。

「ダリアか、なるほど。——よろしくな、ダリア」

黒いドレスのダリアは表情一つ変えなかった。

ジャスミンに向かって話しかけた。

「あなたの名前は？」

「ジャスミン・クーア」

男たちがざわりとどよめく。

それを無視してダリアは続けた。

「あなたが受け取った伝言の内容は？」

「左袖のボックス上。若い男。——それだけだ」

ジャスミンには意味のわからない言葉だったが、ダリアには伝わる内容だったのだろう。

初めて苦い顔になり、男たちに非難の眼を向けた。

「これはそっちの失態よ」

三十代の男が血相を変えた。

「馬鹿を言うんじゃねえ。こっちは打ち合わせ通り、『ジャスミン・クーア』宛てに伝言を出したんだ。あとはおまえの仕事のはずだぞ」

「その名前を決めたのもそっちでしょう。あたしとこの女を間違えた劇場の人間に文句を言うのね」

五十代の男は、並はずれて背の高いジャスミンとダリアを見比べて忌々しげに舌打ちした。

「馬鹿め。貴様、それを言うために、こんな余計な荷物をここに持ち込んだのか？」

「口で説明したって、あんたたちは信じないでしょ。あげくあたしのせいにされるのはまっぴらだから、証明するために必要だったのよ」

男は低く唸《うな》って、再び舌打ちした。

「……わかった。手違いは認めよう。仕事は仕切り直しだが、この女はどうする？」

「もう用はないわ。そっちで好きにして」

三十代の男が運転手の男に向かって顎《あご》をしゃくり、『連れて行け』という仕草をしたが、ジャスミンはおとなしく連れて行かれたりしなかった。

ダリアに向かって堂々と文句を言っていた。

「おまえはジャスミン・クーアという偽名を使って、あの劇場で、標的がどこにいるのか指示されるのを待っていた。ところが、その指示がわたしのほうに来てしまったので、肝心《かんじん》の仕事を果たせなかった。呆れた話だ。この連中にそんな言い訳をするためにわたしをここまで連れてきたのか？　しかも、その仕事というのがあんな子どもを殺すこととはな」

男たちの顔が一気に険《けわ》しくなった。

若いほうの男が凄《すご》みの利いた顔で言う。

「姉さん。いい度胸だと誉めてやりたいところだが、口は災いの元って諺《ことわざ》を知らねえのか？」

年配の男ももったいなさそうに首を振っている。

「残念だな。あんたは桁外れにでかいが、ご面相はそう悪くない。稼がせてもらおうと思ったんだがな。そこまで知られてたんじゃあ、明日の朝陽を拝んでもらうわけにはいかねえようだ」

男たちの殺気は本物だった。口封じのために人の命を奪うことなど何とも思わない連中なのだ。

それがわからぬジャスミンではない。

肩をすくめて言った。

「わたしに何をさせるつもりだったかは聞かないでおくとしよう。愉快《ゆかい》な話ではなさそうだからな」

「ふざけた女だ。——さっさと連れて行け」

「まあ、待て。短気は損気と言うだろうが。そこでものは相談だがな……」

ジャスミンは平然と言っていた。

「おまえたちの狙いはクリスティアーノ・フランコ。あの少年を片づけられればいい。——そうだな？」

男たちは探るような眼でジャスミンを見た。

身体こそ桁はずれに大きいが、相手は女、しかも丸腰のイヴニングドレス姿である。

　男たちが自分の優位を確信して疑わなくなるには十分過ぎる相手だった。今の状況もだ。だからこそ、ジャスミンの出方を一応は黙って見ている。

　この女は自分たちの手の中で、煮るなり焼くなり好きに料理できると彼らは思っているのだろう。

　客観的に見て正しい意見である。

　ジャスミンは微笑しながら話を続けた。

「そこでだ。決して怪《あや》しまることなく、警戒されることもなく、あの子どもに近づける人物をわたしが知っていると言ったらどうする？　もちろん腕前も保証つきだ。ここにいる間抜けなお姉さんと違って、確実に片づけてくれるぞ」

　黒いドレスのダリアが顔色を変えてジャスミンに迫った。

「何のつもり？」

「決まっている。わたしは殺されるのもいやだし、怪しげな商売に従事するのもお断りだ。自分の身を守るために取引を持ちかけている」

　忌々しそうなダリアを見下ろして、ジャスミンは大真面目に言ったのである。

「わたしを引きずり込んだのはおまえのほうだろう。こんな物騒な場所に連れ込まれたか弱い女としては、自分が助かる道を捜すのは当然の行動だ」

　ケリーが聞いたら（それどころか、ジャスミンを知っているすべての人が聞いたら）白々しい！　と、絶叫したに違いない。

　ジャスミンは男たちに視線を戻して話を続けた。

「わたしの推薦する人物が首尾よくあの少年の命を奪ったら、その時はわたしを無事に帰す。そういう条件でどうかな？　ダリアにどのくらい報酬を払うつもりだったか知らないが、これなら無料《ただ》だぞ」

　この途方もない申し出に、三十代の男は薄笑いを浮かべていた。馬鹿にしたような笑みだった。

　そして年配の男は猫が鼠《ねずみ》をいたぶるような口調で、

やんわりと尋ねていた。

「怪しまれずにあの若いのに近づけるって？」

「そうとも。ジンジャーの知人だからな。その男はあの少年を知らない。あの少年もその男を知らない。ただし、二人ともジンジャーとは懇意にしている。千秋楽後の打ち上げやパーティでこの二人が初めて顔を合わせたとしても誰も怪しまない」

男は今度こそ楽しそうに笑った。

「姉さん。そいつはありがたい。そんな都合のいい奴がいるなら、ぜひ教えてもらいたい。聞くだけは聞いておくとしようか。——どこの誰だ？」

「わたしの夫だ」

ケリーはルウと一緒に街中にいた。

ジャスミンが劇場にいないことは確認済みだが、問題は、ジャスミンがどうして自分に何も言わずに一人で出て行ったりしたのかだ。

通信端末に掛けても電源が切られている。

当然のことながら、ケリーはそれをジャスミンが意図的にやっているのだと判断した。

何があったかは知らないが、やむを得ない事態が起きて、自分に断る暇もなく飛び出していった——そう推測したのである。

となれば、焦《じ》れったくともジャスミンのほうから連絡してくるのを待つしかない。

ルウはこれから一人で食事するという。

そこでケリーも珈琲《コーヒー》だけはつきあうことにした。

何しろ、この後は本格的な晩餐《ばんさん》の予定がある。

その前に食べてしまうわけにはいかないのだ。

食事と言っても、ルウが入ったのは通りに面した軽食のスタンドだった。

正装した男二人が連れ立って入るところではない。

しかも一人は眼を見張るほど立派な体格の男前、もう一人は女性のような美しい容貌《ようぼう》の青年となれば、注目してくださいというようなものだ。

実際、店中の客が呆気にとられている。

ルウはそんな視線をものともせずに食事を頼み、具を挟んだベーグルや甘いドーナツを美味《おい》しそうにぱくついているので、自分の身体には窮屈《きゅうくつ》な椅子に収まったケリーは思わず苦笑した。

「がっつくなよ。せっかくの色男が台無しだぞ」

「自分でもちょっと失敗したかなって思ってるとこ。ぼくの出番は二時間くらい後だから、考えてみれば、今の時間に着替えればよかったんだよね」

相変わらず何を言いたいのか摑《つか》めないが、それに慣れているケリーはかまわなかった。

「その格好じゃ、いつもの手札は持ってないか?」

「うん。——ジャスミンが気になる?」

「ああ、あいつも腹ぺこのはずだからな。そろそろ暴れ出すんじゃないかと思うんだが……」

かなり的外れではあるが、本当に気懸かりそうに言った時、彼の端末が着信を知らせた。

「やっと亭主を思い出しやがったか」

そんな文句を言いながらも、ケリーはほっとして、通話に出たのである。

しかし、相手はジャスミンではなかった。

それどころか全然聞き覚えのない男の声がこんなことを言ってきた。

「おまえの女房は預かった。こちらの要求を呑めば女房は無事に帰してやる」

「…………」

たっぷり五秒は沈黙して(言葉の意味を脳味噌が正確に理解するまでそのくらいは必要だったので)、ケリーはものすごく疑わしげな表情と口調になって、眼の前にいない相手に話しかけた。

「……悪いが、どうも最近耳が遠くてな。そっちの話がよく聞こえないんだ。もういっぺん言ってくれ。——何をどうしたんだって?」

「おまえの女房は預かったと言っている。警察には知らせるな。要求を拒否したら女房の命はない」

これ以上はないくらい典型的な誘拐犯《ゆうかいはん》の口上だが、聞かされているケリーの頭ときたら、未だに事実を認識することを頑《かたく》なに拒んでいた。

　妻が攫《さら》われたという衝撃の事実を認めまいとしていたわけではもちろんない。

　何の冗談であんなものを攫ったりするんだという、この相手への囂々《ごうごう》たる非難と抗議を、今は言ってはいけない、今それを言うのはさすがにまずい——と、必死に抑え込むことに葛藤《かっとう》していたのである。

「……女房の声を聞かせろ」

　ややあって端末から聞こえてきたのは紛れもなくジャスミンの声だったが、残念ながら、夫に救いを求める妻の声には程遠かった。

「あー、もしもし？」

　限りなく脱力する呼びかけである。

　哀しいかな、これも夫の義務というものなので、ケリーは一応、形式的に質問した。

「……怪我《けが》はないか？」

「ああ、心配させてすまないな」

　あんたの心配はしてない——と言いそうになるが、この状況でそれを言うのもやはり極めてまずいので、これまた懸命《けんめい》の努力で抑え込む。

「化粧室でいきなり銃を突きつけられて……何しろこの格好だろう？　さすがにどうしようもなくて。騒いだら撃たれそうだったんだ」

　神妙な口調が却《かえ》って怪しい。

　だいたい、どんな不自由なイヴニングドレスでも、隙をついて相手を叩きのめすくらいの芸当が、あのジャスミンにできないはずはない。

　そう言ってやろうとした時、再び話し手が代わり、さっきの男の声が言ってきた。

「どうだ。女房を生かすも殺すも貴様次第だということが呑み込めたか？」

　本気で頭が痛くなってきたが、ケリーはあくまで事務的に話を進めた。

「いやというほど呑み込んだぜ。要求は何だ？」

「さっきの劇場を覚えてるか？」

「ああ。それがどうした？」

「おまえの席から見て、正面上のボックス席に三人連れの男がいたはずだ。真ん中の若い男――女房を返して欲しかったらあの男を片づけろ」

「何だと？」

「あの男の命と女房の命が引き換えだ。わかったな。言うとおりにすれば女房は帰してやる」

「おい。ちょっと待て。その前に名前を言え。俺はそいつを知らないんだぞ」

殺人の強要自体はまるっきり無視して、ケリーはほとんど奮然《ふんぜん》と言い返した。

「要求はちゃんとしやがれ。名前も身元も知らない相手をどう片づけろっていうんだ？」

普通なら間違いなく『人を殺すなんて！』という反応が返るはずだから、相手はケリーの平然とした態度を頼もしく思ったらしい。

低く笑って言った。

「おまえはジンジャーと知り合いだそうだな」

「それがどうした？」

「本当に知り合いならあの男の名前はジンジャーに聞くんだな。ジンジャーならあの男の家にも自由に出入りできる。明日は千秋楽だから、打ち上げにはあの若い男もやってくる。おまえがその場にいれば、好都合だ。向こうもきっと油断する」

ケリーは非常な疑問に満ちた顔つきになった。

この男はケリーに一方的に要求を突きつけている――と自分では思っているだろうが、その実、あの少年とジンジャーがかなり親しい関係にあることを、ケリーに教える形になってしまっている。

その上で、ケリーがジンジャーと顔見知りであることを試し、確認するかのような、こんなやり方を、この男が自分の頭で考えついたとは思えなかった。

誰かさんに入れ知恵された可能性が大だ。

とことん頭が痛くなってくる。

そんなケリーの心境も知らずに、男は言った。

「猶予《ゆうよ》は二十四時間。その時までにあの男の死体が確認できたら、女房は無事に帰してやろう。ただし、明日のこの時間になってもあの男が生きていたら、二度と女房には会えないと思え」

通話が切れた。

ケリーは自分の端末を茫然と眺めて、げっそりと呟いたのである。

「ひでえ冗談だ……」

顔を上げると、正面に黒い天使の美しい顔があり、澄んだ青い眼がじっとケリーを見つめていた。

この相手には何も隠す必要はない。

ケリーがかいつまんで事情を説明すると、ルウは真顔で頷いた。

「誰かはわからないけど、きっとジンジャーはその男の子のこと、かわいがってるんだよ」

「だろうな。その辺を察したもんだから、あの女はのこのこついていったんだ」

「本当なら今日、アレクシス劇場で、その男の子は殺されているところだったんだね」

「そういうことだ。あの伝言は標的の席を実行犯に教えるものだったんだろう。それが間違って、あの女のところに届いちまった」

「間違ってくれてよかったよ。ジンジャーの舞台で死人が出るなんて、考えただけでぞっとするもん」

「ましてそれがジンジャーの知り合いじゃあな」

「その伝言を受け取るはずだったのは、劇場の人が言ってた背の高い女の人かな？」

「あの女を持っていったのもその女の仕業《しわざ》だろう。女性用化粧室に入れるのは普通、女だけだからな」

「ジャスミンがいたから失敗したのはわかったけど、どうして連れて行ったりしたんだろうね？」

「まったく、よりにもよってあんなもんを……」

苦り切った表情でケリーはぼやいたが、一つだけ確かなことがある。

このままだと名前も知らないあの少年は再び命を狙われることになるのだ。

ジャスミンはそこまで察して、ケリーに向かって『何とかしろ』と言っているわけだ。

大きな息を吐いて、ケリーは言った。

「……晩飯前にちょっとした労働だな」

「ジャスミンだってお腹空かせてるはずなのにね。──その男の子、知らない子なんでしょ？」

「ああ。俺もあの女も初めて見る顔だった」

何を思ったか、ルウは楽しげな微笑を浮かべた。

「ジャスミンは優しいね」

「簡単に言うなよ。こっちはいい迷惑だぜ」

「キング。顔は全然違うこと言ってるよ？」

からかうような笑顔で言われてしまっては仕方がない。ケリーは苦笑を浮かべて肩をすくめた。

「さて、ジンジャーを捕まえて、あの少年の名前を聞かないとな」

「ジンジャーならヴァンツァーとデート中」

「ほんとか？」

「うん。ジンジャーから聞いたもん。今はエディと同じ店にいるはずだよ。──連絡する？」

「いや、デートの邪魔をするのは野暮《やぼ》ってもんだぜ。居場所がわかってるなら後でいいだろう。その前にやらなきゃならんことがある」

「何？」

「予約した店に連絡するのさ。遅くなるってな」


マーショネスは眠らない街だ。

深夜を過ぎても活気に満ちあふれている。

若者たちだけではなく、れっきとした紳士淑女もその時間に積極的に動いている。

それは各所で開かれるパーティが一因でもあり、深夜から本格的になる公営賭博場《とばくじょう》の影響でもある。

さらには芝居や歌劇の上映時間とも関係している。

現代劇はそうでもないが、長時間の歌劇になると、幕が下りるのは夜九時過ぎになるのも珍しくない。

当然、料理店の営業時間も遅くなる。

予約の時間をずらせるかというケリーの要望に、店側は、深夜まではお待ちしておりますと愛想よく答えてくれた。

ケリーは精力的に準備を始めた。

まず自分の船に連絡して相棒に状況を説明すると、機械とは思えない感応頭脳のダイアナは、魅力的な青い眼を極限まで丸くして叫んだ。

「ジャスミンを誘拐したですって⁉」

「ちょっと違うぜ。銃で脅して持ってったんだから拉致《らち》のほうだ」

ケリーが訂正すると、ダイアナは心から同情する口調で言った。

「まあ……お気の毒に」

もちろんその犯人が、である。

ケリーもまったくもって同感だった。

あんなものに手を出してもいいことは何もない。

それを身体で思い知ってもらわなければなるまい。

《パラス・アテナ》はセントラル軌道上の宇宙港に停泊中だった。ケリーはひとまず搭載艇《とうさいてい》で船に戻り、武器庫の中からめぼしい武器弾薬をごっそり抱えて、密かに地上に持ち込んだ。

税関検査は例によってダイアナがごまかしたが、こんなものを持っているのが地上で見つかったら、言い逃れのしようがない。

正直なところ、連邦お膝元《ひざもと》のセントラルであまり派手な真似はしたくないのだが、やむを得ない。

丸腰のジャスミンが拘束されているという状況は、普通に考えたらかなり危険なのだ。

——あくまで普通に考えたら、だが——。

ケリーも見た目ほど平然としていたわけではない。

黙々と急いだが、軌道上の船まで上がって支度を調えて戻るだけで結構な時間が掛かった。

この後は即行で片づけるつもりでいたが、地上で待っていたルウの頼みごとというのを聞いてみたらちょっとおもしろそうだったので（たいして時間のかからないことでもあったので）快《こころよ》く引き受けて、颯爽と舞台に登場してやった。

間近で見た女性の姿のリィは輝くばかりに美しく、抱き寄せた肉体は引き締まってしなやかだった。

役得と言えなくもないが、見た目と裏腹の正体を知っているだけに、どうにも微妙な具合に顔が笑う。

はっきり言って複雑な心境だった。

その心は眼の前の美人にも伝わっていて、それが結果的に二人の間に妖しげな雰囲気をつくりだし、緑の瞳《ひとみ》も悪戯っぽく笑っていた。

そしてリムジンの中で思いがけず、少年の名前を手に入れたケリーは、ヴァンツァーが車を降りた後、さっそく相棒に問い合わせたのである。

「ダイアン。人名検索を頼む。クリスティアーノ・フランコだ」

「ミゲル・フランコの一人息子ね。十八歳。先週、留学先から戻って来たばかりよ」

「親父は何者だ？」

「マーショネスの裏社会では有名人よ。興行関係や繁華街の利権、公営賭博場にまで関わっているわ」

「敵も多そうだな」

「ええ。数え切れないわね」

「大仕事になるが、頼む。フランコと敵対している連中を片っ端から上げてみてくれ」

「了解。ただし、少し時間が掛かるわよ」

ダイアナは、電子化された情報であれば、それが軍事機密であっても難なく探り出せる。

ところが、『人間関係』というものは、もっとも電子化されにくい情報の筆頭に数えられる。

そこでダイアナはまず市警察の管理脳に潜入し、続いて新聞記者の個人端末にも潜り込んだ。

ここにはいわゆる『記事にできない』情報が満載されている。

五分と経たずに探り出した名前を列挙した。

「ファビオ・サルバドール、ジャンネット・ベリオ。大物はこの二人ね。他にもイッポリート・モランテ、ドメニコ・ランベルディ、アンドレ・サンチェス、ジョナサン・ロイ、ホアン・バレッラ、ダニエレ・モーリ、ミケーレ・エルナンデス、クラウディオ・ジェルミ。——こんなところかしら」

「ほんとに多いな。その連中の拠点を洗えるか？」

「登録されている拠点なら全部わかるわ。ただし、この人たちのお仕事の性質上、どこにも記録のない隠れ家を持っている可能性もあるはずよ」

　そしてそれはダイアナには探せない種類のものだ。

「とりあえずわかっている範囲を捜索してみろ」

「了解」

　また五分ほど沈黙して、ダイアナは言った。

「登録されている彼らの自宅、事務所、拠点だけで六十八カ所。過去三時間の監視映像を検索したけど、どこにもジャスミンが連れ込まれた様子はないわ」

　ケリーは小さく舌打ちした。

「通信関係を全部押さえろ」

「了解」

　ダイアナはその六十八カ所の回線すべてに密かに割り込み、通信内容を傍受《ぼうじゅ》することができる。その通信先を突きとめることも逆探知も容易にできる。

　しかし、今の段階で打てる手はここまでだった。

　後はひたすら待つしかない。

　ジャスミンを捕らえた男が六十八カ所のどこかに連絡してくるのを——もしくはその逆をだ。

　ケリーはリムジンの背もたれにゆったりと身体を預けて、待つ態勢になった。

　このリムジンはルウが用意したものだから、当然そこには黒と金の天使たちもいた。

　イヴニングドレス姿のリィが尋ねる。

「おれたちは何をすればいい？」

　申し分のない美女が勇ましい男言葉で話すので、ケリーは苦笑した。

「色気がねえなあ……」

「おれはもともとこんな調子だぞ」

「さっきは女っぽく話してたじゃねえか」

　すると、絶世の美女は露骨《ろこつ》にいやな顔になった。

「男ってのはどうしてそう揃《そろ》いも揃って同じことを言うんだか……」

「おまえがそれを言うかよ？　おまえだって普段は

れっきとした男だろうが」

「だからだ。いつもこんな具合にしゃべってるのに、急に変えられるもんか。舌を嚙《か》みそうになる」

「おかしな話だぜ。こっちの天使は女の身体の時は話し言葉もちゃんと色っぽいのに」

ルウが笑って言った。

「それはね、ぼくが器用なだけ」

リィがまじめくさって頷いた。

「そうさ。おれは不器用だからな」

そんな雑談をしながら、豪華なリムジンの車内でどのくらい待っただろうか。

ダイアナが話しかけてきた。

「ケリー」

「動きがあったか?」

「いいえ、そうじゃないの。念のためにフランコの自宅も見張ってたのよ。郊外の家と市内の家の両方。——その市内の家にジンジャーが入ったわ」

「連れは?」

「いないわ。一人だけよ。それに、人物照合装置の眼《カメラ》から見たんだけど、彼女、何だか顔色が悪いの。ひどく緊張しているようだったわ」

ジャスミンの行方とは関係ない情報のようだが、無視できないものがあったのも確かである。

そもそも原因となったのはフランコの息子なのだ。

「行ってみようよ」

あっさりとルウが言った。

「ジンジャーがお父さんといるならちょうどいい。こんなことをやりそうな相手は誰か、ジャスミンが捕まっているとしたらどこなのか、お父さん本人に心当たりを訊けばいい」

ケリーにも異存はなかった。

リムジンは市内の高級住宅街に向けて走り始めた。

ミゲル・フランコは顔面蒼白《そうはく》になっていた。

いつも身辺から離さない護衛も玄関まで遠ざけて、豪華な居間の長椅子にがっくりと座り込み、震える両手で頭を抱えてしまっている。

丈は大きくなくとも見る人を威圧する彼の身体が、急に小さくなったようにさえ見える。

息子が誘拐されたことを知ったミゲルは傍目《はため》にも動揺していたが、人の気配を感じて、苛立たしげに顔を上げた。

誰も通さないように命じておいたのだが、そこに立っていたのはジンジャーだった。

この大女優相手では護衛がどんなに追い返そうと頑張ったところで無駄である。

「大丈夫、ミゲル？」

ジンジャーが心配そうに話しかけてくる。

そして、旧知の人の顔を見て、ミゲルもいくらか肩の力を抜いていた。

「ああ……そうだな。大丈夫。金さえ払えば……」

フランコ一家の首領《ドン》として、滅多に弱いところを他人に見せない彼だが、ジンジャーは例外だった。

「じっとしているのは耐えられんよ。早く身代金の受け渡し方法を知らせてきてくれんものか……」

ジンジャーの顔も強ばっていたが、彼女は敢えて首を振った。

「その必要はないと思うわ。もう少し待ちましょう。わたしのお友だちが、今、クリスを助けに向かっているところだから」

しかし、ミゲルは苛立たしげに首を振った。

「あんたはまだそんなことを……、言ったはずだぞ。わしらにはわしらのやり方がある。素人《しろうと》のあんたが首を突っ込むことじゃない」

ジンジャーは先程の通信で、拉致されたクリスの後を友達が追っていると話してあった。

しかし、ミゲルは血相を変えて『やめさせろ』と訴えた。犯人を刺激するのは危険だというのだが、ジンジャーは従わなかった。

「わたしはあなたたちの世界については素人だけど、彼は違う。あなたの指図は受けないでしょうね」

ジンジャーはヴァンツァーについて、実のところ、ほとんど何も知らない。

わかっているのはルウが彼を評して、

「ちょっと変わった子だけど、信用して大丈夫」

と言ったことだ。

交友関係は途方もない広さを誇るジンジャーだが、心から信頼できる友人は数えるほどしかいない。

その中でもルウはもっとも信用できる一人だった。

本人もかなり変わっているが、ルウが『信用して大丈夫』というからには、その通りの意味なのだと、クリスティアーノの命も任せられるとジンジャーは信じていた。

しかし、ミゲルにはそうした事情はわからない。

激高して叫んだ。

「わしはあの子の父親だぞ！」

彼の眼には、ジンジャーは余計な出しゃばりで、事態を悪化させているように見えるのだろう。

彼は彼のやり方で息子を守ろうと必死だった。

「余計な手出しはするなと言ってるんだ。クリスを攫ったのは人を殺すことなど何とも思わん連中だ！　金を払えば――身代金さえ支払えばあの子は無事に戻ってくるんだ！　それがわからんのか！」

ジンジャーは黙っていたが、菫《すみれ》の瞳は狂おしげな光を浮かべている。

その眼としばらく睨《にら》み合っていたミゲルだったが、急に疲れたように肩を落とした。

「ジンジャー、頼む。あの子が無事に戻ってきたら、その時は……今度こそ息子を愛してやってくれ」

ジンジャーは沈鬱《ちんうつ》な顔で首を振った。

「何度も言ったわね。それは到底聞けないお願いよ、ミゲル」

ジンジャーのその言葉は、ミゲルの耳には届いていなかった。彼はまるで自分に言い聞かせるように、すすり泣くかのような悲痛な声を洩らした。

「どうしてもわかってはくれんのか。あの子はもう……長くないというのに」

「あなたはあの子の父親でしょう。他人に頼る前に、自分に何ができるかを考えるべきではないの？」

「わしにいったい何ができる？」

今のミゲルはマーショネスの大立者《おおだてもの》などではなく、ただ、息子を襲った過酷な運命に為《す》す術《べ》もなく絶望している、一人の哀れな父親だった。

「わしには何もできん……。あの子が少しずつ死に近づいているというのに、それがわかっているのに、何もできんのだ……」

「それでも諦《あきら》めてしまうのはまだ早いはずよ」

「わしにできることといったら……あの子の最後の時間を少しでも実りあるものにしてやることだけだ。だからこうして頭を下げているんじゃないか」

「…………」

「なあ、ジンジャー、あんたは何でも持っている。これ以上はないほど成功した人間だ。地位も名声も財産も、若ささえも。あんたがわしより年上なんて誰が信じるもんかね。だから、ほんの二年でいい。あんたの恵みのひとかけらでもいいから、あの子に分けてやってはくれんか」

ジンジャーの顔に嘲笑《ちょうしょう》めいた表情が浮かぶ。

「わたしは恵まれた成功者だから、あの子のために二年の時間を犠牲にしてくれたっていいじゃないか。あなたはそう言いたいのかしら？　そのついでに、形だけでもあの子を夫と呼んでやれというの？」

「そんなことは言っとらん。わしはあの子を愛してやってくれと言ってるんだ。あんただってクリスを可愛いと思ってるだろう？」

「もちろんよ。でも、それとこれとは話が別だわ。あの子を可愛がることと恋人として愛することは、どうしたって一緒にはならないのよ」

ジンジャーは辛抱強く言って聞かせたが、それが彼の逆鱗に触れたらしい。

「ジンジャー……何度も言わせるな。無理は承知で――そんなことは百も承知で言ってるんだ！」

ミゲル・フランコは人にものを頼むのに、下手《したて》に出る必要などない人間だった。息子の性質のよさは自分が誰よりもよく知っている。あの子を愛せない女などいるはずがないと、ジンジャーさえその気になってくれれば難しいことではないと信じていた。

それなのにあくまで逆らうジンジャーが理解できず、怒りを剝《む》き出しにして叫んだ。

「あんたにわかるか、わかるのか！　子どもに先に死なれる親の気持ちが——！」

「甘ったれないで！」

有無を言わさぬ厳しさでジンジャーは言い返した。

「そんな思いをするのが自分だけだと思わないで！　あなたはただの弱虫よ。弱っていくクリスを間近で見る勇気がない。無力な自分に耐える意気地もない。だから、ただ顔を背けて逃げているんじゃないの！——わたしの娘は、生まれた時から、十五歳までも生きられないと宣告された子だった。娘が十五歳を過ぎてからのわたしの毎日があなたに想像できる？　今日は生きていてくれるか、明日は？　明後日は？——それが何年続いたと思ってるの⁉」

燃えるような眼差しのジンジャーに一喝《いっかつ》されて、さすがにミゲルも声を呑んだ。唇《くちびる》を震わせ、茫然と、すがるような眼で自分を見つめるマーショネスの顔役に、ジンジャーは深い息を吐いて言った。

「ミゲル……それでもあの子は二十三歳まで生きて、わたしに孫を残してくれたのよ」

ミゲルはくしゃくしゃになった顔で訴えた。

「ジンジャー……、わしは孫が欲しいわけじゃない。ただ、クリスの幸せな顔を見たいだけなんだ……」

「だったらなおさら、わたしと結婚させようなんて考えないことね。あの子は本当に可愛い子だもの。わたしだって大好きよ」

幸せになってほしいと心から願っているのだ。だからこそ、クリスの時間を無駄に奪うわけにはいかないと気に病んでいるのである。

気まずい沈黙が居間を満たした。

ケリーの長身がその沈黙をあっさりと蹴散《けち》らして居間に乗り込んだのは、まさにその時だった。

「お取り込み中、邪魔するぜ」

「だ、誰だ⁉」

ミゲルが眼を剝いた。

見ず知らずの人間がここまで入ってこれるはずがないのである。思わず玄関のほうを向いて叫んだ。

「――誰かいないのか！　何をしている⁉」

「護衛にはちょっと寝てもらったぜ。急ぐんでな」

ジンジャーにとってもケリーの乱入は意外だった。

彼は理由もなくこんな真似をする人ではない。

それを知っていたジンジャーはミゲルをなだめ、慌《あわ》ただしくケリーに問いかけた。

「騒がないで。この人はわたしの友人よ。いったいどうしたの？」

「まずそっちの話だ。何があった、ジンジャー？」

深い声で、ずばりと要点に入ってくる。

こういうところは彼の妻にそっくりだった。

クリスティアーノ少年が拉致されたこと、ヴァンツァーが今少年の救出に向かっていることを手短に説明すると、ケリーは頷いた。

「それなら大丈夫だ」

ジンジャーは大いに胸を撫で下ろしたのである。

ルウに加えてケリーまでが大丈夫だというのなら、どんな保証より信用できる。

「あなたもそう思う？」

「ああ。あいつなら心配ない。俺はそれより女房を何とかしなきゃならん」

「ジェムがどうかしたの？」

今度はケリーがこれまでの事情を話す番だったが、その内容にジンジャーは絶句した。

ジャスミンが拉致されたことに驚いたのではなく、そうなった原因にだ。到底信じられなかった。

「……わたしの舞台の最中に？　アレクシス劇場で、クリスが殺されるところだったっていうの？」

この大女優にして茫然自失の体《てい》だった。

もしジャスミンがいなかったら、自分の眼の前であの少年が死体になっていたかもしれないのだ。

それを悟ったジンジャーはほとんど恐怖に喘ぎ、父親のミゲルはそれ以上に驚いて眼を剝いていた。

「あり得ん！　身代金目当ての誘拐ならともかく、命を狙われるならわしのはずだ！　息子が狙われる理由がない！」

「いいえ」

青ざめた顔のジンジャーがきっぱりと言った。

「あるでしょう。あなたが殺されたら、跡を継いだレオは間違いなくあなたの弔《とむら》い合戦に打って出る。それこそ全面戦争よ。けれど、あの子が殺されたら、復讐の気力もなくした生きた抜《ぬ》け殼《がら》のあなたが残る。あなたが生きている以上、レオも思い切ったことはできないはずだわ。結果的にフランコ一家は支柱を失って勢力が弱まることになるはずよ」

素人とは思えない的確な分析である。

ケリーもジンジャーの意見に賛成だった。

今でさえ、息子が拉致されたことで、この父親は身も細るほどの狼狽《うろた》えようなのだ。

長身のケリーはミゲルを頭から見下ろして言った。

「名乗る必要はないな？　俺はあんたにもあんたの息子にも興味はない。だが、あんたの息子を狙った奴は俺の女房に手を出した。俺は女房を取り戻して、そいつに落とし前をつけてやらなきゃならんのさ。こんなことをやりそうな奴の心当たりは？」

「わしは……サルバドールだと思う。しかし……」

なぜか言い淀《よど》んだミゲルはジンジャーに眼をやり、ジンジャーがヴァンツァーの見解を説明した。

フランコとサルバドールに仲たがいをさせようと目論《もくろ》んでいる第三者の可能性もあるという意見だが、ケリーは考える顔になった。

「正しいが、それは息子の誘拐に関する見解だろう。一緒にはできん。俺が知りたいのはあんたの息子の殺害に踏み切る奴——あんたの縄張りを狙っている奴のことだぞ」

ミゲルは低く唸った。

怒りよりも絶望的な響きの強い唸り声だった。

「……間違いなくサルバドールだ。ベリオが単独で息子の暗殺を計画するとは思えん」

「そこで相談なんだがな」

ケリーは言った。

「この街の中でサルバドールの隠れ家、アジトって言ったほうが正しいだろうが、あんたの知っているそれがあったら残らず教えてもらいたい」

ミゲルはもちろん自分の知る限りの情報を、この見知らぬ訪問者に洗いざらい話したのである。

特にケリーの耳をそばだたせたのは次のことだ。

ハイドロ区の南に、再開発地区に指定されながら、開発が遅れてゴーストタウンと化した一角がある。

その開発の遅れにはサルバドールが絡んでいると、裏社会のごく一部で密かに囁かれている。

役人にも鼻薬《はなぐすり》を嗅《か》がせ、むしろ手を結ぶ形で、違法な賭場を開いて荒稼ぎしているという。

最近ではもっと怪しげな取引も行われているが、この辺りには警官も近寄らない。警察の上層部にもサルバドールに買収された勢力があるからだ。

もちろん賄賂《わいろ》を受け取っていない勢力もあるが、買収された勢力がそうでない勢力を牽制《けんせい》しており、今のところ市民に被害が出ていないこともあって、その一角は放置されている状態だというのである。

「だが、賭場の正確な場所まではわしは知らん」

「いいや、それで充分だ。後はこっちで片づける」

ケリーはあっさり言って背を向けた。その背中にジンジャーが声を掛ける。

「わたしからもお願いしていいかしら？」

「何だ？」

共和宇宙きっての大女優はまるで女首領《ボス》のような迫力で言ったものだ。

「クリスの命を狙ってジェムを捕まえたその誰かを、二度と立ち上がれないようにしてちょうだい」

ケリーは楽しげに笑って答えた。

「わざわざ頼む必要はないぜ。俺がやらなくたって、あの女が間違いなくそうするだろうさ」

「見物できないのが残念だわ」

またも素人とは思えない物騒な台詞を言い放ったジンジャーだった。


ジャスミンはケリーに連絡した後、ずっと一室に閉じこめられていた。

寝台と剝き出しの便器だけがある狭い部屋だ。

並みの女性ならこんなところに閉じこめられたら助けを求めて泣き叫び、逃げ出そうとするだろうが、ジャスミンは寝台に座って大人しくしていた。

軍にいた頃のジャスミンは通常なら考えられない配置転換を繰り返し、さまざまな任務についていた。

戦闘機乗りでもあったし、機甲兵乗りでもあった。

情報部の将校だったことも、陸兵だったこともある。

陸兵時代には実戦さながらの訓練も経験している。

半日も雨に打たれ、泥にまみれながら森に潜んで、じっと動かなかったこともある。

比べれば、こんな部屋は極楽だった。

独房にいるようなものだと思えばいいのだ。

独房を快適と感じる神経も普通とは言いがたいが、それより深刻な問題があった。

空腹がひどくなっているのである。

考えてみれば昼から何も食べていない。

軍時代には五日も食べずに歩き続けたというのに、自分も鈍《なま》ったもんだと嘆息《たんそく》しながら、ジャスミンはケリーを想い浮かべた。

そろそろ迎えに来てくれてもいい頃だった。


同じ頃、ケリーはハイドロ区のゴーストタウンを見下ろせる廃ビルの屋上にいた。

ケリーの右眼は建物の中の人影を察知できる。

文字通り眼を光らせて探ったが、ここには意外に住人が残っているようで、あちこちに反応がある。

そのどれが本命か、広すぎて見当がつかないのだ。

ケリーは舌打ちして、船から持ってきた擲弾筒《ランチャー》を取り上げた。

幸か不幸か、ここはほとんど無人地帯である。

「ちょっと揺さぶるか……」

すると、タキシードの腕がやんわりと伸びてきた。

「貸して」

ルウだった。仕草は優雅でも断固とした動きだが、
ケリーもちょっと顔をしかめて抗議した。

「これは俺の仕事だぞ」

「当たり前じゃない」

黒い天使は笑って言い返した。

「奥さんを助けるのはご主人の役目に決まってる。だけど、これから奥さんと食事なんでしょう？」

そこにはイヴニングドレスの美女もいて、上等のケリーのタキシードに眼をやって苦笑する。

「せめて上着は脱げよ。汚れる。ちゃんとした店は乱れた格好じゃ入れてくれないぞ」

「そうだよ。せっかくそこまで男前に決めてるのに台無しにする気？　ジャスミンががっかりするよ」

「その点、おれたちの用事はもう済んだからな」

「そういうこと。――シェラは嘆《なげ》くだろうけど」

笑って言いながらルウは擲弾筒をぶっ放した。

もちろん一発で終わらせたりはしない。

ケリーが持ってきた弾を使い切る勢いで、方角をずらしながら次々に撃ち込んだ。

黒い天使は実は何事も徹底する人である。

どこかに女房がいるはずなんだから、ちょっとは遠慮してくれないかとケリーが言いたくなるくらい、容赦《ようしゃ》のない攻撃だった。

まるで戦争が始まったような突然の爆音と衝撃、建物が崩壊する轟音《ごうおん》と地響きが続いている。

人の数が少ないと言ってもこんなことをされては、わずかに残った住人が狼狽え騒ぐには充分すぎた。

窓から外を覗く者、慌てて建物から飛び出す者、道を走り出す者と、さまざまだった。

ケリーは街の様子を見逃すまいと眼を凝らしたが、リィのほうが早かった。

「あそこだ」

「どこだ?」

「あの灯りの消えた建物。三階と四階の窓から銃を持った男が顔を出した」

三人はいっせいに屋上から駆け下りた。

イヴニングドレスの美女はいつの間にか銀の紐《ひも》のサンダルを運動靴に履き替えている。

ケリーは駆け下りながらタキシードを脱ぎ、下に止めてあった車に放り込んだ。

これが皺《しわ》にならないうちが勝負である。

ここまで派手な真似をした以上、さすがの警察も重い腰を上げざるをえないはずだからだ。

リムジンでは目立ちすぎるので、彼らは小型車を借りていた。そのトランクには、警察に見られたらまずいものが山ほど詰め込んである。

ケリーは車を操り、たちまち目的の建物に迫った。

入口の陰には確かに怪しげな男たちが潜んでいた。

殺気立って辺りを窺《うかが》っている。近づく者がいたら応戦する気満々の構えだが、ルウは車が止まる前に、その入口に向かって容赦なく擲弾筒を発射した。

直撃は避けてやったものの至近距離で弾が爆発し、男たちは悲鳴を上げて奥へ逃げ込んだのである。

その間に建物の陰に車を止め、三人はそれぞれ武器を取って車を降りると、正面から堂々と建物に乗り込んだ。

先頭に立つのはイヴニングドレス姿の美女だ。

次にルウ、最後にケリーが続いている。

外から見た時はどの窓も真っ暗だったが、中にはちゃんと灯りがついていた。真っ暗闇《まくらやみ》では侵入者を撃退することもできないからだろう。

つまり、彼らは暗視装置を持っていない。

暴力の専門家ではあっても戦闘の玄人《プロ》ではない。

逆に乗り込んだ三人はまさにその本職だったのだ。

擲弾筒を手放したルウはカマーバンドの代わりに手榴弾が鈴なりになった危険なベルトを腰に巻き、タキシードの肩に機銃を下げている。

一方、ドレス姿のリィは右手にケリーから借りたレーザーナイフを持っているだけの軽装備だ。

しかし、それで充分だった。この人の真の強みは獣《けもの》以上の運動能力そのものにある。

銀のイヴニングは屋内でも目立ちすぎるくらいに目立っている。扉を盾《たて》にした男たちが絶句して眼を見張り、呆気にとられながらも狙いを定めてそれを撃とうとした時には、もう手遅れだ。

「ぎゃあっ！」

あっという間に三人が切り伏せられた。

殺してはいないが、戦闘続行は不可能である。

通路の反対側に逃げた敵はルウが機銃で薙《な》ぎ払い、あっという間に一階を制圧してしまった。

ケリーも一応、銃を構えていたのだが、出る幕を残らず奪われてしまい、呆れて文句を言った。

「おいおい、こっちにも少し残しとけよ」

「キングの出番は最後だよ。御大ってのはそういうもんでしょ」

ルウが言えば、リィも頷いて、

「それまではこっちで引き受ける。ちょうどいい。おれは普段あんまりストレスは感じないほうだけど、最近はたまりまくってたからな……」

ここで解消させてもらいたいと、恐ろしいことを呟いている。

年若い女神のような品格の美女が、今はすっかり牙を剝いた猛獣に変わってしまっている。

また、黒い天使が見た目はおっとりしているのに、やることなすこと実に過激なのだ。

「じゃあ、これあげる」

「手榴弾《しゅりゅうだん》？」

「そう。階を移動する時は、まずこれを投げ込んで、それから突入するんだよ」

「こうか？」

言った時には、しなやかな白い腕が至って気楽な動作でそれを二階に放り投げている。

盛大な爆音と悲鳴が響き渡った。

建物の外が急に騒がしくなったことに、もちろんジャスミンも気がついていた。

待ちくたびれたお迎えがやっと来たらしい。

次はどうなるかと楽しみに待っていると、独房の扉が開いて、ダリアが入って来た。

右手に銃を握っている。

「出なさい」

「何かあったのか？」

空とぼけて尋ねると、ダリアは冷たく言ってきた。

「あなたに話しても時間の無駄よ。立ちなさい」

ジャスミンは立ちあがろうとはしなかった。

寝台に腰を下ろしたままダリアを見つめ、自然な表情で話しかけた。

「腕に自信のある女には共通して悪い癖があってな。いや、実は男にも同じことが言えるんだが……」

「何よ？」

「自分が他の者より優れていると盲信するあまり、自分より上の『できる』相手がいることを頑として認めようとしないんだ」

「あなたのことかしら？」

「おまえのことさ」

言った時にはジャスミンの足がダリアの足を薙ぎ払っていた。

引っかけたのではない。

膝の後ろを狙い、両足を一度に床から引き剝がす勢いで蹴り上げたのである。

「あっ！」

叫んだ時にはダリアの身体は宙に浮き、背中からもろに床に落ちていた。

部屋が揺れるほどの衝撃があった。

身体が大きいだけに食らった衝撃も強烈なのだ。

同時に立ち上がったジャスミンは仰向けになったダリアの腹部に踵の一撃をお見舞いしていた。

「う……！」

ジャスミンの体重は九十キロある。

尖《とが》った踵で本気で踏んだりしたら、ダリアの腹に穴が空いてしまう。加減はしたものの、その体重のほとんどを乗せた一撃を食らったのだ。

ひとたまりもない。

ダリアは意識を失って長々と床に伸びた。

ジャスミンは寝台の敷布を両手で裂いてダリアに猿ぐつわを噛ませ、手足を縛ると、銃を取り上げて部屋を出た。

この独房はさっきの階から二つ上の五階にある。

他に人の気配はない。

ジャスミンは慣れない靴で慎重に足を進めながら階段を下りて行った。


金と黒の天使たちは三階まで上がっていた。

ケリーは女性の身体のリィが剣を振るうところを初めて間近で見たのだが、その見事さには驚くやら呆れるやら見惚《みほ》れるやらで大忙しだった。

銀の衣裳の裾《すそ》をひらりとなびかせ、薔薇色《ばらいろ》の肌を彩る金色の髪もその人のつくり出す風に翻《ひるがえ》る。

折れそうな華奢な身体は燕《つばめ》のように素早かった。

細い腕はまるで獅子《しし》の前脚のように力強く、大の男をまったく寄せつけずに片端から薙ぎ倒した。

こんなに美しいものはないと思うのに、こんなに恐ろしいものもないと同時に思うのだから、実際に敵対した男たちはたまったものではなかっただろう。

ルウはもっぱらリィの援護射撃を引き受けていた。

これがまた百発百中の腕前である。

確かにケリーが服を汚す暇もなかった。

「楽させてもらってるよなあ……」

のんびり呟きながら二人の後をついていくだけだ。

物騒な金と黒の天使たちは、最後にジャスミンが連れてこられた豪華な部屋を制圧して、そこにいたあの五十年配の男と三十代の男を捕らえていた。

ここはもっとも守りが厳重だったし、この二人はどう見ても下っ端ではない。

二人とも憎悪に歪んだ顔で床に座り込んでいたが、間近にした敵の正体——イヴニングドレスの美女とタキシードの男二人という姿に絶句していた。

愕然として眼を剝いている。

ケリーはここで初めて天使たちを制して進み出た。

「女房はどこだ？」

「き、貴様……」

三十代の男が青ざめた顔で呻《うめ》き、その声を聞いたケリーは冷たく笑った。

さっき通信で連絡してきた声だった。

「女房はどこにいる？」

反抗的な表情の男は答えない。

ケリーは無言で、その男ではなく五十年配の男を撃った。

右の耳朶《じだ》を吹き飛ばされた男が悲鳴を上げたが、ケリーは顔色一つ変えずに質問を繰り返した。

「女房はどこだ？」

ぞっとするような口調だった。

その眼の色に自分たちとの年季の違い、さらには格の違いをいやでも思い知らされたのだろう。

顔を血塗れにした年配の男が恐怖にたまりかねて叫んだ。

「う、上だ！　この上にいる！」

「天使、ここを頼む」

踵《きびす》を返してケリーが部屋を出ようとしたその時、ジャスミンが廊下から現れた。

両手を上げて、頭に銃を突きつけられた格好でだ。

大柄なジャスミンの身体の陰に隠れるようにして、若い男がその銃を握っている。

また頭が痛くなってきたケリーは思わずため息を吐いたが、金の天使は感嘆の眼差しでジャスミンを眺めて頷いていた。

「さっきもどこの女王陛下がお越しかと思ったけど、こうして近くで見ると、スーパーモデルなんかよりずっと美人だ」

ジャスミンは慌てて、不自由な手で相手の言葉を遮《さえぎ》ろうとした。

「いやいやいや、ちょっと待て。今のきみにそれを言われるのはだな、実に汗顔の至りというか……」

「どうしてだ？　とってもすてきなのに」

金髪の美しい人はとことん朗らかである。

ルウも笑って頷いている。

「ほんとによく似合ってる。その服、特注だよね。どこでつくったの？」

緊張感の欠如した人たちの背後で、三十代の男が勝利を確信したどす黒い笑顔で立ち上がっていた。

「でかしたぞ。――さあ、銃をよこしやがれ！」

残念ながらその言葉に大人しく従うような人間はここには一人もいなかったのである。

銃を渡す代わりに、ケリーは至って無造作に男の足を撃ち抜いてやった。

予想外の出来事に三十代の男は絶叫して床に倒れ、耳の痛みに脂汗《あぶらあせ》を滲《にじ》ませた年配の男が息を呑む。

眼の前で、この男の妻を人質を取っているのに、こんなことがあっていいのかと疑う驚愕《きょうがく》の顔つきになっていた。

当然、ジャスミンに銃を向けた男も仰天《ぎょうてん》した。

血相を変えて、銃を握る指に力を籠《こ》めた。

「て、てめえ、この女がどうなってもいいのか！」

ケリーはまた深い息を吐き、とことん苦り切った顔つきで妻に文句を言ったのである。

「あのなあ、女王。あんたもちょっとは働けよな。何で素直に後ろを取られてるんだよ」

「簡単に言ってくれるが、この靴は想像以上に歩きにくいんだぞ。おまけに見ろ、この爪」

ジャスミンも顔をしかめ、つけ爪をしてきれいに塗られた指先をちょっと振ってみせた。

「こんなに爪が長いんじゃ握り拳《こぶし》もつくれやしない。せいぜい――」

このくらいだ、と言う前にジャスミンは男の足を高い踵で思いきり踏みつけ、背後の男の顔面に肘《ひじ》を叩き込んでいた。

ぐしゃっ！　と不気味な音がした。

間違いなく鼻が折れただろう。

倒れ込んだ男は激痛にのたうちまわっているが、それがジャスミンには非常に不満だったらしい。

「――ほら見ろ。ちゃんと拳を握れないもんだから肘《エルボー》を食らわせたのに意識も飛ばせやしないんだ。忌々しい」

本来なら悶絶《もんぜつ》するはずなのにと嘆くジャスミンに、ケリーは吹き出した。

「上にはもう誰もいないか？」

「ああ。四階はわたしが制圧した」

そこでダリアから取り上げた銃が弾切れになり、この若い男に捕まったのだとジャスミンは言った。

残りは金黒天使が片づけてしまっている。

そこでケリーは、耳を撃ち抜かれ、腰を抜かして、わなわな震えている年配の男の前に立つと、多分に同情の口調で言ったものだ。

「よりにもよってこんなものを攫うとは、どういう了見かと思うが、やっちまったことはやっちまったことだからな。責任は取ってもらうぜ」

ジャスミンがしかめっ面で頷いている。

「当然だな。食事の予定が大幅に狂ったぞ」

「同感だ。そこで訊きたいんだがな……」

ケリーはほとんどにっこり笑いながら、男の額《ひたい》に銃口を押し当てた。

「おまえたちの親分はどこにいるんだい？」

サルバドールの本拠地は賑《にぎ》やかな都心にある。

表向きはれっきとした企業の看板を掲げており、まともな仕事で利益を上げている。よほど裏事情に詳しい人間でない限り、この会社が違法賭博や武器密売を仕切っていることはかけらも耳に入らない。

その最上階の会長室にサルバドール一家の首領とベリオ一家の首領が顔を並べていた。

ファビオ・サルバドールはフランコより年上だが、頭の黒々とした、押し出しのいい肥った男だった。

比べてジャンネット・ベリオは痩《や》せた白髪頭の、どちらかというと貧相に見える風貌《ふうぼう》の男だ。

兄弟分のこの二人は以前から協力し合う関係だが、主導権を取るのは主にサルバドールのほうである。

今、サルバドールは忌々しげに顔を歪《ゆが》めていた。

「様《ざま》ぁねえな。フランコの野郎をぶちのめす絶好の機会だったってのに……」

今日のクリスティアーノの暗殺が失敗したことを嘆いているのである。

ベリオはもっぱらなだめ役に回っている。

「焦《あせ》ることはないさ、兄弟。機会はいくらでもある。フランコの倅《せがれ》はしばらくこっちにいるんだろう？」

「ああ。おまえの言うとおりだ。急ぐことはないが、これ以上、呑気《のんき》に構えているのもどうかと思うぜ。いい加減、フランコとの因縁《いんねん》はきっちり片をつけておきたいのさ」

「そうさな。手が要りようならいつでも言ってくれ。うちの若い者をいくらでも貸すぜ」

「ありがとうよ、兄弟。――だがな、うちの連中も他の手づるを見つけたらしい」

「金で雇《やと》ったのか？」

「いいや、女を人質にやらせると言っている」

「女を？」

「ああ。やらせてみてうまく仕留めればそれでよし。しくじっても、こっちは別に痛くも痒《かゆ》くもねえ」

「なるほど」

外に控えていたサルバドールの子分が入って来た。

「失礼します。首領《ドン》。ベリオ親分さんのところの、エルモさんがお見えですが……」

「おう、通せ」

ベリオの幹部のエルモはサルバドールにとっても知らない相手ではない。

入って来たエルモは四十絡みの細身で苦み走った顔つきの、なかなかの伊達男《だておとこ》だった。

「お話中失礼します、首領。サルバドールの親分も、お久しぶりです」

「おう、どうした？」

「へい。実は、自分の昔馴染みでオイゲンって男がいるんですか、そいつが驚いたことに、フランコの息子を拉致して来たっていうんでさあ」

「何だと⁉」

サルバドールとベリオの合唱になった。

「とりあえず隠れるところが欲しいって言うんで、今ノーザン通りの事務所に匿《かくま》ってます」

エルモから詳しい話を聞いて、二人は驚き、呆れ、ついには笑いが止まらない顔になった。

サルバドールが嬉しげに膝を叩いて言う。

「灯台もと暗しとはこのことだろうぜ、兄弟」

「まったくだ。おい、エルモ。そのオイゲンって奴、うちで面倒を見ると言ってやれ」

「首領。それどころか、オイゲンはフランコの奴に倅の身代金を二十億要求してます」

「そいつはいい！」

「気の利く男じゃねえか！」

二人とも快哉《かいさい》を叫んだが、ベリオが抜け目のない笑顔で言う。

「だが、おまえのところに話を持ち込んだからには、その金はこっちと山分けにしてもらわなきゃならん。そのくらいはわきまえてるんだろうな？」

エルモが困惑顔になった。

「いや、それが……奴が言うには、金は自分が取る。そのかわり、倅の身柄は引き渡すから好きにしろと言うんですか……」

「太《ふて》ぇ野郎だな」

言いながらもベリオは笑っていた。

サルバドールも上機嫌で酒杯を取っている。

「乾杯だ、兄弟。フランコの野郎から二十億の金をふんだくって、吠え面をかかせてやれるんだからな。——待てよ。それじゃあ、賭場に捕らえてある女はもういらねえな。始末するように言え」

「へい」

サルバドールの傍に控えていた男がハイドロ区の隠れ家に連絡したが、怪訝《けげん》な顔になった。

「首領、誰も出ませんぜ」

「あの賭場に誰もいないなんてあるわけねえだろう。もう一度……」

掛けろと言おうとした時だった。

サルバドールの手の中の酒杯が砕け散った。

呆気にとられた彼の眼の前で、側近の男が悲鳴を上げて倒れた。その次がエルモだった。

二人とも死んではいないが、手足を押さえて呻き、立ち上がることもできない有様である。

首領二人には何が起きたかわからなかった。

こんなことはありえないと咄嗟に思った。

彼らが直接、フランコの命を狙わなかったように、彼ら自身の命を狙うものなどいるはずがないのだ。

それは力の均衡《きんこう》が崩れることを意味するからだ。

第一、襲撃だとしたら、いったいどこから……。

そう思った二人はほとんど無意識に首を動かして、マーショネスの夜景を見下ろせる窓へ眼をやった。

ベリオが叫ぶ。

「窓から離れろ！」

ありえないことだが、他には考えられなかった。

この高層建築の外から――遥かに離れた地点から、何者かが狙い撃ってきている。

サルバドールもベリオも反射的に立ちあがったが、それがいけなかった。

走り出す前にベリオは肩に、サルバドールは腹に激痛を感じ、二人とも悲鳴を上げて倒れ込んだ。

「首領！」

「どうなさったんです⁉」

異変を察して、外に控えていた部下たちが血相を変えて飛び込んできたが、その彼らも次々に同様の運命を辿る羽目になった。

ジャスミンは金のイヴニングドレスの肩に担いだ重い狙撃銃を降ろして一息吐いていた。

隣にいたケリーが尋ねる。

「死んだか？」

「いや、急所は外してやった」

立った姿勢での狙撃は苦にしないジャスミンだが、今は裸足《はだし》だった。

あんなに踵の高い靴を履いたままだと背伸びした状態で撃つようなもので、それではさすがに狙いが狂うからだ。

もっとも、ジャスミンが今いるホテルの屋上からサルバドールの会長室までは百五十メートル。

ジャスミンにとっては造作もない距離だ。

靴を履いたままでも狙撃できたかもしれないが、今は他にも意外な障害があった。

「どうも眼がばさばさするな」

「何？」

「睫墨《マスカラ》というものを塗りたくったせいだ。おかげで照準が覗きにくくていけない」

ケリーは笑ってジャスミンから狙撃銃を受け取り、代わりに持っていた金色の靴を差し出してやった。

「化けるのも大変だな」

「まったくだ。こんな時は男は楽でいいと思うぞ」

ジャスミンは夫の肩を借りて靴を履き、ケリーは狙撃銃を分解して大きな鞄に入れた。

重い荷物を持つのはもちろんケリーの役目である。

ややあって、二人はそのホテルの一階から何事もなかったように出ていった。

マーショネスの街は大騒ぎになった。

ハイドロ区のゴーストタウンが謎の攻撃を受けて街が半壊、サルバドール一家に多数の負傷者が出て、ベリオの事務所からは人が転落死し、そのベリオとサルバドール本人も狙撃されて重傷である。

ただちに捜査本部が置かれ、警察官が総動員され、街の至るところに検問が敷かれる異常事態となった。

何も知らない一般市民は車の中で、あるいは外の景色が見える料理店や酒場の席でその様子を知り、声をひそめながら囁き合ったのである。

「何かあったのかしら？」

「物騒な世の中だよ、ほんとに……」

そんな騒ぎの中、ケリーとジャスミンが予約した料理店についたのは十一時を過ぎていた。

「クーアだ。遅くなって申し訳ない」

「お待ちしておりました。ご案内致します」

二人は、たった今、ゴーストタウンを戦場に変え、負傷者を山ほどこしらえ、サルバドールとベリオを含めた幹部を狙撃してきたんです——なんてことは微塵《みじん》も感じさせない落ち着き払った物腰で席に着き、顔を見合わせて何とも言えない表情になった。

ジャスミンが微笑して言う。

「お疲れさま」

「ああ、食事前のいい運動になった」

「わたしは逆にほとんど動けなかった。やっぱり、慣れない格好はするもんじゃないな」

「たまにはいいんじゃねえか」

「そうか?」

「そうさ」

ケリーは真顔で頷いた。

「普段はいつものあんたのほうがありがたいんだが、その格好も悪くないぜ」

ジャスミンは夫の言葉の前半が気になったらしく、気遣わしそうな表情で尋ねた。

「いつものわたしのほうがいいのか?」

「そりゃあな。命の掛かった喧嘩《けんか》の最中にあんたをかばっている余裕はねえよ」

「そうか……」

ちょっと暗い顔になった妻に、ケリーは苦笑した。

「勘違いするなよ、女王。ちゃんと言ってるだろう。たまには悪くないって」

「本当か?」

「ああ、本当さ。——すごくいい」

ケリーの眼差しの中に確かに賞賛の光があるのを感じ取り、ジャスミンは嬉しそうに言ったものだ。

「二時間かけて化けさせてもらった甲斐があった」

「あんた、それでおとなしくしてたのか?」

「ああ。服はもちろん、この頭も、爪も。店の人がせっかく張り切ってここまで仕上げてくれたのに、台無しにしたら申し訳ないだろう?」

ジャスミンはそういう人だった。

専門家の真面目な仕事にはいつも敬意を払うのだ。

ケリーは楽しげに笑って酒杯を取り上げた。

「乾杯しようぜ」

「何に?」

「デザイナーさんたちの仕事と、この夜に」

ジャスミンも笑って酒杯を掲げた。

「乾杯」

あとがき

表紙が怖いです（笑）。

いやはや、見た瞬間、大笑いしました。ゴージャス、華麗、妖艶《ようえん》と、それぞれタイプの違う美女のそろい踏みだというのに、どうしてこんなにも怖いのか。

特にジャスミンがすごいです。迫力にかけては他の追随《ついずい》を許しません。

いつもながらすばらしい理華《りか》さんの力作です。ありがとうございます。これを真っ先に眺められるのが作者の大きな役得というものです。

最初にいただいたラフでは、ジャスミンのドレスは胸元がみぞおちまでぐいっと大きく切れ込んでいるという色っぽいものでしたが、装飾的にはややおとなしいものでした。

客観的に見ればそれでも充分に派手でしたが、その際、理華さんがおっしゃったのが、『スーパーモデル＋エジプト女王のイメージ』です。

これだけで大受けに受けた作者は「もう少し派手でもいいんじゃないでしょうか？」と、図々しくもお願いしてみたのでした。

そうしたら理華さんは頭に蛇を乗っけて、お腹にコブラを張りつけてくださいました。

作者は心の底から脱帽し、あらためて吹き出したのでした。

さすがです、理華さん！

本文中に出てくる『ブライトカーマイン』は実在する花の品種名です。ふっと頭に浮かんだので使ってみました。きれいな赤いマーガレットです。

タイトルもそこから『マルグリートの輪舞曲』になりました。

ですが、今回の話は事実上、『デート三部作』と言うべきですね。

どうしてこうなったのか？　我ながら謎ですが、思い返してみると、一冊の本の中で、こんなにもデートという言葉を書いたのは初めてかもしれません。

つくづく恋愛には縁遠いようです。今回もせっかく華々しくドレスアップまでしたのに、ほとんどそれらしい雰囲気にはなりませんでした。

なりようがないとも言いますが……。

もはや諦めムードですが、作者はとっくに普通の恋愛話は無理と開き直っています。

何より、これでも案外、うちの登場人物たちは楽しんでいると思います。

茅田砂胡

ご感想·ご意見をお寄せください。

イラストの投稿も受け付けております。

なお、投稿作品をお送りいただく際には、編集部
(tel:03-3563-3692、e-mail:mail@c-novels.com)

まで、事前に必ずご連絡ください。

〒104-8320　東京都中央区京橋2-8-7
中央公論新社　C★NOVELS編集部

マルグリートの輪舞曲《ロンド》
——クラッシュ・ブレイズ

2008年7月25日　初版発行

著　者　茅田《かやた》 砂胡《すなこ》

発行者　浅海　保

発行所　中央公論新社
〒104-8320　東京都中央区京橋2-8-7
電話　販売 03-3563-1431　編集 03-3563-3692
URL http://www.chuko.co.jp/

印　刷　三晃印刷（本文）
大熊整美堂（カバー・表紙）

製　本　小泉製本

Published by CHUOKORON-SHINSHA, INC.
Printed in Japan　ISBN978-4-12-501039-7 C0293

応募規定

❶原稿：必ずワープロ原稿で40字×40行を1枚とし、**90枚以上120枚まで**。プリントアウトとテキストデータ（FDまたはCD-ROM）を同封してください。

【注意!!】プリントアウトには、通しナンバーを付け、縦書き、A4普通紙に印字のこと。感熱紙での印字、手書きの原稿はお断りいたします。データは必ずテキスト形式。ラベルに筆名・本名・タイトルを明記すること。

❷原稿以外に用意するもの。
ⓐエントリーシート
（C★NOVELSサイト[http://www.c-novels.com/]内の「C★NOVELS大賞」ページよりダウンロードし、必要事項を記入のこと）
ⓑあらすじ（800字以内）

❷のⓐⓑと原稿のプリントアウトを右肩でクリップなどで綴じ、❶❷を同封し、お送りください。

応募資格

性別、年齢、プロ・アマを問いません。

選考及び発表

C★NOVELSファンタジア編集部で選考を行ない、大賞及び優秀作品を決定。**2009年2月中旬**に、以下の媒体にて発表する予定です。
●C★NOVELSサイト→http://www.c-novels.com/
●メールマガジン、当社刊行ノベルスの折り込みチラシ等。

注意事項

●複数作品での応募可。ただし、1作品ずつ別送のこと。
●応募作品は返却しません。選考に関する問い合わせには応じられません。
●同じ作品の他の小説賞への二重応募は認めません。
●未発表作品に限ります。ただし、営利を目的とせず運営される個人のウェブサイトやメールマガジン、同人誌等での作品掲載は、未発表とみなし、応募を受け付けます（掲載したサイト名、同人誌名等を明記のこと）。
●入選作の出版権、映像化権、電子出版権、および二次使用権など、発生する全ての権利は中央公論新社に帰属します。
●ご提供いただいた個人情報は、賞選考に関わる業務以外には使用いたしません。

締切

2008年9月30日（当日消印有効）

あて先

〒104-8320　東京都中央区京橋2-8-7
中央公論新社『第5回C★NOVELS大賞』係

主催・C★NOVELSファンタジア編集部

〜〜部分は2008年1月改訂

多崎礼の本

〈本の姫〉は謳《うた》う

〈本の姫〉は謳う1

滅日により大陸中に散らばった、世界を蝕む邪悪な文字〈スペル〉を回収するために、少年は旅に出る！——第2回C★NOVELS大賞受賞作家・多崎礼の新シリーズ、満を持して登場!!

〈本の姫〉は謳う2

病に倒れた母のため、一度は捨てた故郷へ〈姫〉と帰るアンガス。町を覆う不吉な病に文字〈スペル〉の気配を感じる二人だが……。一方、彼の帰りを待つセラは、彼の負う運命を聞かされ——!!

〈本の姫〉は謳う3

「世界を蝕む文字は、私の意志なのではないのか？」記憶が戻るに連れ沈む〈姫〉、世界の滅亡を望むレッドの野望、声を取り戻したセラ、破滅の幻影を見るアンガス——旅の行方は？

イラスト／山本ヤマト

九条菜月の本

魂葬屋奇談

空の欠片

平凡を自認する高校生・深波は、自分にしか見えない謎の少年と知り合う。「魂葬屋」と名乗る彼は「仕事を手伝ってほしい」と告げるが、そもそも魂葬屋って何だ？　〈魂の欠片〉って——!?　凸凹コンビが学園内を駆け抜ける！

淡月の夢

見知らぬ少女に喧嘩を売られ、ユキからは仕事を押しつけられ休む暇のない深波。今度は警察から魂の欠片を盗み出せって!?　無理難題に立ち向かわされる深波だが……。

黄昏の異邦人

三日間だけだからとユキに拝み倒され、
魂葬屋認定試験に駆り出された深波。
限りなく日本語が怪しい千早と
魂探知機能が不安な胡白に
つきあい、街を右往左往する
はめになるが……!?

追憶の詩

「そこには、近付かない方がいいよ。
死にたくなければね」
通り魔が頻発する地区で、
使い魔を連れた男女に出会った深波。
それを聞いた時雨の警告が
意味するのは——？

イラスト／如月水

駒崎 優の本

バンダル・アード=ケナード

運命は剣を差し出す1

高名な傭兵隊《バンダル・アード＝ケナード》を率いる若き隊長ジア・シャリース。その波乱の物語、ここに開幕！

運命は剣を差し出す2

囚われたヴァルベイドに迫る冷酷な瞳の謎の男。
若き傭兵隊長シャリースはヴァルベイドの救出に
奔走する。

運命は剣を差し出す3

ようやくバンダルの隊員たちと合流できた
シャリースとヴァルベイドだが、
逃避行はまだ続いていた！
『運命は剣を差し出す』最終巻。

あの花に手が届けば

それは最低の戦いだった。雇い主の過失により
多くのバンダルが壊滅状態に追い込まれたのだ。
さらに行く手には敵軍が待ち伏せている。
——シャリースの決断に、隊の命運がかかっていた。

故郷に降る雨の声 上

バンダル・アード＝ケナードに契約を迫る謎の老人は、目的も行き先も誰を護り誰が敵なのかを話そうとしない。答えのかわりに差し出される金貨の詰まった革袋——シャリースは決断する！

イラスト／ひたき